LOS MEJORES CUENTOS DE
TERROR LATINOAMERICANO

Horacio Quiroga, Leopoldo Lugones
y Amado Nervo

LOS MEJORES CUENTOS DE
TERROR
LATINOAMERICANO

Mestas
ediciones

Colección
LOS MEJORES CUENTOS DE...

© MESTAS EDICIONES, S.L.
Avda. de Guadalix, 103
28120 Algete, Madrid
Tel. 91 886 43 80
Fax: 91 886 47 19
E-mail: info@mestasediciones.com
www.mestasediciones.com
http://www.facebook.com/MestasEdiciones
http://www.twitter.com/#!/MestasEdiciones

Director de colección: J. M. Valcárcel

Imagen de cubierta bajo licencia Shutterstock
Autor: Lightspring

Primera edición: *Enero, 2021*
Segunda edición: *Abril, 2022*

ISBN: 978-84-17782-79-5
Depósito legal: M-31562-2020
Printed in Spain – Impreso en España

INTRODUCCIÓN

Latinoamérica ha sido (y es) una fuente inagotable de cuentistas de talento. En sus tierras han crecido cientos de grandes narradores de literatura breve. En esta recopilación hemos querido rendir homenaje a tres de los más grandes escritores hispanos de todos los tiempos: el uruguayo Horacio Quiroga, el argentino Leopoldo Lugones y el mexicano Amado Nervo, nacidos, casualmente, en la misma década, los años setenta del siglo XIX. Los relatos que aquí hemos seleccionado van desde el terror más absoluto a la fantasía sobrenatural misteriosa, pasando por la ciencia ficción más primigenia, abriendo un abanico temático donde se recogen todas las tendencias culturales de estos géneros en los países hispanoamericanos. Sin lugar a duda, la influencia de estos autores se ha visto reflejada, directa o indirectamente, en cineastas, dramaturgos y novelistas de todo el territorio americano.

Este es un libro que gustaría al mismísimo Edgar Allan Poe, que fue inspiración permanente para Quiroga, Lugones y Nervo en diversos apartados. En este caso, en la obra que nos ocupa, los discípulos brindan (consciente o inconscientemente) más de un reconocimiento a la figura del genio de Boston, creando historias que te erizarán el vello de todo el cuerpo, mientras miras de lado a lado en busca de una tranquilidad que parece perdida… Una diversión garantizada para los amantes del miedo a lo desconocido, dentro de un ambiente coloquial, y seguidores de la fantasía desasosegante y la ciencia ficción con reflexión incluida.

HORACIO QUIROGA

Considerado el padre del relato latinoamericano, para este cuentista, poeta y dramaturgo, un buen cuento, el más antiguo de los géneros narrativos, debe atrapar al lector desde el primer momento, despertar su curiosidad y concluir con un gran final, que debe ser imprevisible, sorprendente y surtirse en lo posible de frases breves. La brevedad de expresión y la energía para expresar sentimientos, son cualidades necesarias que se adquieren solamente con el paso de los años. Hay que tener al lector en vilo durante todo el relato, para sorprenderlo al final de la manera más insospechada posible.

En su narrativa muy a menudo la naturaleza se transforma en un personaje hostil que atenta contra las debilidades del hombre, convirtiéndose así en un elemento horripilante que atemoriza y somete a los sujetos.

LEOPOLDO LUGONES

Para el excelso Jorge Luis Borges, Lugones es uno de los escritores imprescindibles de la literatura argentina. Y lo es porque, jugando con temas universales, incluso utilizando mitología en progreso, este creador da a luz piezas literarias sobresalientes que bucean en distintos géneros —ciencia ficción, fantasía, terror y cuadros alegóricos, entre otros— para subrayar que hay muchas fuerzas extrañas en el mundo, las cuales todavía no llegamos a comprender, que pueden ayudarnos a sobrellevar el peso de la vida o pueden acentuar el sufrimiento humano, dejando desorientación, horror, angustia y soledad a su paso. Por esa razón, sus cuentos siempre nos dejan un regusto didáctico, casi nos sugieren veladamente un aprendizaje justo debajo de la historia, como si Lugones nos quisiera mostrar un camino hallado que permanece oculto a ojos de la mayoría.

AMADO NERVO

Poeta sublime y narrador dotado, pionero de la ciencia ficción mexicana, Amado Nervo disfrutaba creando realidades sobrenaturales, fantasmagóricas y fantásticas en sus escritos, pero todo eso era una excusa para hablar de aspectos mucho más profundos que atañen al ser humano. El cuento debe ser un lugar de reflexión sobre la vida, sobre el mismo hecho de vivir, un artefacto de crítica social o, al menos, deliberación. Siempre hay un código de moralidad subyacente, algo que nos pregunta «¿estamos actuando bien?, ¿es este el modo cómo debemos proceder hoy para tener el futuro que deseamos?». Las respuestas deben ser dadas por los lectores, aunque el pensamiento del autor siempre nos queda presente.

En definitiva, tres escritores modernistas, tres estilos, tres experiencias vitales…; sin embargo, un mismo universo donde confluyen todas sus ideas y un mismo legado que seguirá esparciendo durante muchas décadas sus semillas en lectores y escritores de todas las razas y lenguas. ¡Muchas gracias por la inspiración y las horas de aprendizaje y divertimento leyendo vuestras obras!

El editor

EL ALMOHADÓN DE PLUMAS

Horacio Quiroga

Su luna de miel fue un largo escalofrío. Rubia, angelical y tímida, el carácter duro de su marido heló sus soñadas niñerías de novia. Ella lo quería mucho, sin embargo, aunque a veces con un ligero estremecimiento cuando volviendo de noche juntos por la calle, echaba una furtiva mirada a la alta estatura de Jordán, mudo desde hacía una hora. Él, por su parte, la amaba profundamente, sin darlo a conocer.

Durante tres meses —se habían casado en abril—, vivieron una dicha especial. Sin duda hubiera ella deseado menos severidad en ese rígido cielo de amor; más expansiva e incauta ternura; pero el impasible semblante de su marido la contenía siempre.

—La casa en que vivían influía no poco en sus estremecimientos. La blancura del patio silencioso —frisos[1], columnas y estatuas de mármol— producía una otoñal impresión de palacio encantado. Dentro, el brillo glacial del estuco, sin el más leve rasguño en las altas paredes, afirmaba aquella sensación de desapacible frío. Al cruzar de una pieza a otra, los pasos hallaban eco en toda la casa, como si un largo abandono hubiera sensibilizado su resonancia.

---

[1] Friso: faja más o menos ancha que se pinta en la parte inferior de las paredes, de distinto color que estas.

En ese extraño nido de amor, Alicia pasó todo el otoño. Había concluido, no obstante, por echar un velo sobre sus antiguos sueños, y aún vivía dormida en la casa hostil sin querer pensar en nada hasta que llegaba su marido.

No es raro que adelgazara. Tuvo un ligero ataque de influenza[2] que se arrastró insidiosamente días y días; Alicia no se reponía nunca. Al fin una tarde pudo salir al jardín apoyada en el brazo de su marido. Miraba indiferente a uno y otro lado. De pronto Jordán, con honda ternura, le pasó muy lento la mano por la cabeza, y Alicia rompió enseguida en sollozos, echándole los brazos al cuello. Lloró largamente, todo su espanto callado, redoblando el llanto a la más leve caricia de Jordán. Luego los sollozos fueron retardándose, y aún quedó largo rato escondida en su cuello, sin moverse ni pronunciar una palabra.

Fue ese el último día que Alicia estuvo levantada. Al día siguiente amaneció desvanecida. El médico de Jordán la examinó con suma atención, ordenándole calma y descanso absolutos.

—No sé —le dijo a Jordán en la puerta de la calle, con la voz todavía baja—. Tiene una gran debilidad que no me explico, y sin vómitos, nada... Si mañana se despierta como hoy, llámeme enseguida.

Al día siguiente Alicia amanecía peor. Hubo consulta. Constatose una anemia de marcha agudísima, completamente inexplicable. Alicia no tuvo más desmayos, pero se iba visiblemente a la muerte. Todo el día el dormitorio estaba con las luces prendidas y en pleno silencio. Pasábanse horas sin que se oyera el menor ruido. Alicia dormitaba. Jordán vivía casi en la sala, también con toda la luz encendida. Paseábase sin cesar de un extremo a otro, con incan-

---

[2]   Influenza: gripe. Palabra de origen italiano.

sable obstinación. La alfombra ahogaba sus pasos. A ratos entraba en el dormitorio y proseguía su mudo vaivén a lo largo de la cama, deteniéndose un instante en cada extremo a mirar a su mujer.

Pronto Alicia comenzó a tener alucinaciones, confusas y flotantes al principio, y que descendieron luego a ras del suelo. La joven, con los ojos desmesuradamente abiertos, no hacía sino mirar la alfombra a uno y otro lado del respaldo de la cama. Una noche quedó de repente con los ojos fijos. Al rato abrió la boca para gritar, y sus narices y labios se perlaron de sudor.

—¡Jordán! ¡Jordán! —clamó, rígida de espanto, sin dejar de mirar la alfombra. Jordán corrió al dormitorio, y al verlo aparecer Alicia lanzó un alarido de horror.

—¡Soy yo, Alicia, Soy yo!

Alicia lo miró con extravío, miró la alfombra, volvió a mirarlo, y después de largo rato de estupefacta confrontación, volvió en sí. Sonrió y tomó entre las suyas la mano de su marido, acariciándola por media hora temblando.

Entre sus alucinaciones más porfiadas, hubo un antropoide[3] apoyado en la alfombra sobre los dedos, que tenía fijos en ella los ojos.

Los médicos volvieron inútilmente. Había allí delante de ellos una vida que se acababa, desangrándose día a día, hora a hora, sin saber absolutamente cómo.

En la última consulta Alicia yacía en estupor mientras ellos la pulsaban, pasándose de uno a otro la muñeca inerte. La observaron largo rato en silencio, y siguieron al comedor.

—Pst… —se encogió de hombros desalentado el médico de cabecera —. Es un caso serio… Poco hay que hacer.

---

[3]   Antropoide: ser de características similares al hombre.

—¡Solo eso me faltaba! —resopló Jordán. Y tamborileó bruscamente sobre la mesa.

Alicia fue extinguiéndose en subdelirio de anemia, agravado de tarde, pero que remitía siempre en las primeras horas. Durante el día no avanzaba su enfermedad, pero cada mañana amanecía lívida, en síncope[4] casi. Parecía que únicamente de noche se le fuera la vida en nuevas oleadas de sangre. Tenía siempre al despertar la sensación de estar desplomada en la cama con un millón de kilos encima. Desde el tercer día este hundimiento no la abandonó más. Apenas podía mover la cabeza. No quiso que le tocaran la cama, ni aun que le arreglaran el almohadón. Sus terrores crepusculares avanzaban ahora en forma de monstruos que se arrastraban hasta la cama, y trepaban dificultosamente por la colcha.

Perdió luego el conocimiento. Los dos días finales deliró sin cesar a media voz. Las luces continuaban fúnebremente encendidas en el dormitorio y la sala. En el silencio agónico de la casa, no se oía más que el delirio monótono que salía de la cama, y el sordo retumbo de los eternos pasos de Jordán.

Alicia murió, por fin. La sirvienta, cuando entró después a deshacer la cama, sola ya, miró un rato extrañada el almohadón.

—¡Señor! —llamó a Jordán en voz baja—. En el almohadón hay manchas que parecen de sangre.

Jordán se acercó rápidamente y se dobló sobre aquel. Efectivamente, sobre la funda, a ambos lados del hueco que había dejado la cabeza de Alicia, se veían manchitas oscuras.

—Parecen picaduras —murmuró la sirvienta después de un rato de inmóvil observación.

---

[4] Síncope: pérdida repentina del conocimiento y la sensibilidad, motivada por la suspensión súbita y momentánea de la acción del corazón.

—Levántelo a la luz —le dijo Jordán.

La sirvienta lo levantó; pero enseguida lo dejó caer, y se quedó mirando a aquel, lívida y temblando. Sin saber por qué, Jordán sintió que los cabellos se le erizaban.

—¿Qué hay? —murmuró con la voz ronca.

—Pesa mucho —articuló la sirvienta, sin dejar de temblar.

Jordán lo levantó; pesaba extraordinariamente. Salieron con él, y sobre la mesa del comedor Jordán cortó funda y envoltura de un tajo. Las plumas superiores volaron, y la sirvienta dio un grito de horror con toda la boca abierta, llevándose las manos crispadas a los bandós[5]. Sobre el fondo, entre las plumas, moviendo lentamente las patas velludas, había un animal monstruoso, una bola viviente y viscosa. Estaba tan hinchado que apenas se le pronunciaba la boca.

Noche a noche, desde que Alicia había caído en cama, había aplicado sigilosamente su boca —su trompa, mejor dicho— a las sienes de aquella, chupándole la sangre. La picadura era casi imperceptible. La remoción diaria del almohadón sin duda había impedido al principio su desarrollo; pero desde que la joven no pudo moverse, la succión fue vertiginosa. En cinco días, en cinco noches, había el monstruo vaciado a Alicia.

Estos parásitos de las aves, diminutos en el medio habitual, llegan a adquirir en ciertas condiciones proporciones enormes. La sangre humana parece serles particularmente favorable, y no es raro hallarlos en los almohadones de plumas.

---

[5] Bandós: Voz derivada del francés que significa crenchas o cada una de las partes en que queda divida el cabello por una raya en el centro.

EL MIEDO A LA MUERTE

Amado Nervo

I

No podría yo decir cuándo experimenté la primera manifestación de este miedo, de este horror, debiera decir, a la muerte, que me tiene sin vida. Tal pánico debe arrancar de los primeros años de mi niñez, o nació acaso conmigo, para ya no dejarme nunca jamás. Solo recuerdo, sí, una de las veces en que se revolvió en mi espíritu con más fuerza. Fue con motivo del fallecimiento del cura de mi pueblo, que produjo una emoción muy dolorosa en todo el vecindario. Tendiéronle en la parroquia, revestido de sus sagradas vestiduras, y teniendo entre sus manos, enclavijadas sobre el pecho, el cáliz donde consagró tantas veces. Mi madre nos llevó a mis hermanos y a mí a verle, y aquella noche no pegué los ojos un instante. La espantosa ley que pesa con garra de plomo sobre la humanidad, la odiosa e inexorable ley de la muerte, se me revelaba produciéndome palpitaciones y sudores helados.

—¡Mamá, tengo miedo! —gritaba a cada momento; y fue en vano que mi madre velara a mi lado: entre su cariño y yo estaba el pavor, estaba el fantasma, estaba «aquello» indefinible, que ya no había de desligarse de mí…

Más tarde murió en mi casa una tía mía, después de cuarenta horas de una agonía que erizaba los cabellos. Murió de una enfermedad del corazón, y fue preciso que la implacable *Vieja* que nos ha de llevar a todos la dominara por completo... No quería morir; se rebelaba con energías supremas contra la ley común... «No me dejen morir —clamaba— ; no quiero morirme...».

Y la asquerosa Muerte estranguló en su garganta uno de esos gritos de protesta.

Después, cada muerto me dejó la angustia de su partida, de tal suerte que pudo decirse que mi alma quedó impregnada de todas las angustias de todos los muertos; que ellos, al irse, me legaban esa espantosa herencia de miedo... En el colegio, donde anualmente los padres jesuitas nos daban algunos días de ejercicios espirituales, mi pavor, durante los frecuentes sermones sobre «el fin del hombre», llegó a lo inefable de la pena. Salía yo de esas pláticas macabras (en las cuales con un no envidiable lujo de detalles se nos pintaban las escenas de la última enfermedad, del último trance, de la desintegración de nuestro cuerpo), salía yo, digo, presa del pánico, y mis noches eran tormentosas hasta el martirio.

Recordaba con frecuencia los conocidos versos de Santa Teresa:

> *¡Vivo sin vivir en mí,*
> *y tan alta vida espero*
> *que muero porque no muero!*

Y envidiaba rabiosamente a aquella mujer que amó de tal manera la muerte y la ansió de tal manera que pasó su vida esperándola como una novia a su prometido... Yo, en cambio, a cada paso temblaba y me estremecía (tiemblo y me estremezco) a su solo pensamiento.

Murió de ahí a poco en mis brazos un hermano mío, a los dieciocho años de edad, fuerte, bello, inteligente, generoso, amado… y murió con la serenidad de una hermosa tarde de mis trópicos.

—Siempre temí la muerte —me decía—; mas ahora que se acerca, ya no la temo; su proximidad misma me parece que me la ha empequeñecido… No es tan malo morir… ¡Casi diría que es bueno!

Y envidié rabiosamente también a mi hermano, que se iba así, con la frente sin sombras y la tranquila mirada puesta en el crepúsculo, que se desvanecía como él…

Mi lectura predilecta era la que refiere los últimos instantes de los hombres célebres. Leía yo y releía, analizaba y tornaba a analizar sus palabras postreras, para ver si encontraba escondido en ellas el miedo, «mi miedo», el implacable miedo que me come el alma…

—*Now I must sleep*[6] —decía Byron, y había en estas palabras cierta noble y tranquila resignación que me placía.

—Creí que era más difícil morir… —decía el feliz y mimado Luis XV, y esta frase me llenaba de consuelo… Ese, pues, no había tenido miedo ni había sentido rebeliones…

—Dejar todas estas bellas cosas… —clamaba Mazarino acariciando en su agonía con la mirada los primores de arte que llenaban su habitación, y este grito de pena no me desconcertaba, porque yo a la muerte no le he temido jamás porque me quita lo que es mío… El amor a las cosas es demasiado miserable para atormentarme.

—¡Todo lo que poseo por un momento de vida! —gemía, agonizante, Isabel de Inglaterra, y este gemido me congelaba el ánima.

— ¡Mí deseo es apresurar todo lo posible mi partida! —exclamaba Cromwell, y yo creía sorprender en esa frase la

---

[6] Ahora debo dormir.

impaciencia angustiosa que se tiene de salir cuanto antes de un martirio insufrible.

—¡Vaya una cuenta que vamos a dar a Dios de nuestro reinado! —murmuraba Felipe III de España, y estas palabras me acobardaban más de la medida.

—¡Ah! ¡Cuánto mal he hecho! —sollozaba Carlos IX de Francia, recordando la Saint Barthélemy,[7] y este sollozo me pavorizaba el corazón.

—Agradábame sobremanera la desdeñosa frase del poeta Malherbe, ya saben ustedes, el autor de aquella estrofa que hizo célebre (envaneceos alguna vez legítimamente, señores cajistas) una errata de imprenta:

> «Elle était *née d'un monde où les plus belles choses*
> *Ont le pire destin,*
> *Et, Rose, elle a vécu ce qui vivent les roses:*
> *L'espace d'un matin...*[8]

Al padre que le hablaba de eternidad y le encarecía que se confesara, Malherbe respondió:

—He vivido como los demás, muero como los demás y quiero ir... adonde vayan los demás...

En cambio, las palabras de Alfonso XII:

«¡Qué conflicto! ¡qué conflicto!» —me aterrorizaban hasta lo absurdo.

Y a medida que iba creciendo, este miedo a la muerte adquiría (y sigue adquiriendo) proporciones fuera de toda

---

[7] Se refiere a la matanza (o masacre) de San Bartolomé, que fue es una matanza en masa de hugonotes (cristianos protestantes franceses seguidores de Calvino) durante las guerras de religión de Francia del siglo XVI. Comenzó en la noche del 23 al 24 de agosto de 1572 en París, extendiéndose durante meses por todo el país.
[8] Ella nació de un mundo en donde las cosas más bellas sufren el peor destino, y, Rosa, ha vivido lo que viven las rosas: El espacio de una mañana.

ponderación. Es raro, por ejemplo, que se pase una noche sin que yo me despierte, súbitamente, bañadas las sienes en sudor y atenazado, así de pronto, por el pensamiento de mi fin, que se me clava en el alma como una puñalada invisible.

—¡Yo he de morir—me digo—, yo he de morir!

Y experimento entonces con una vivacidad espantosa toda la realidad que hay en estas palabras.

II

¡Morir! ¡Ah, Dios mío! Los animales, cuando sienten que se aproxima su término, van a tumbarse en un rincón, tranquilos y resignados, y expiran sin una queja, en una divina inconsciencia, en una santa y piadosa inconsciencia, devolviendo al gran laboratorio de la Naturaleza la misteriosa porcioncita de su alma colectiva. Las flores se pliegan silenciosas y se marchitan sin advertirlo (¡o quién sabe!) y sin angustia alguna (¡¡o quién sabe!!). Todos los seres mueren sin pena… menos el hombre.

Ninguno de los animales sabe que ha de morir, y vive cada uno su furtiva existencia en paz… Solo el hombre va perseguido por los fantasmas de la muerte, como Orestes por su séquito de Euménides… ¡horror! ¡horror!

Dos maneras solo hay de morir: se muere, o por síncope o por asfixia. Poco me espanta la primera de estas muertes… Un desmayo… y nada más; un desmayo del que ya no se vuelve: la generosa entraña cesa de latir y nos dormimos dulcemente para siempre; pero la asfixia, ¡Dios mío!, la asfixia que nos va sofocando sin piedad, que nos atormenta hasta el paroxismo… Y unido a ella el terror de lo que viene… de lo desconocido en que vamos a caer, de ese pozo negro que abre su bocaza insaciable… de lo «único serio» que hay en la vida.

A más de cien médicos he preguntado:

—Qué, ¿se sufre al morir?

Y casi todos me han respondido:

—No; se muere dentro de una perfecta inconsciencia…

¡Ah! Sí; esto es lo natural, lo bueno, lo misericordioso: la santa madre, la noble madre Naturaleza debe envolvernos en un suave entorpecimiento; debe adormecernos en sus brazos benditos durante esa transición de la vida a la muerte. Sin duda que morimos como nacemos… en una misteriosa ignorancia… Pero ¿y si no es así?… ¿si no es así? —me preguntaba yo temblando.

III

¡Morir! —seguía pensando (y sigo aún para mi desgracia)—. He de morir, pues, y todo seguirá lo mismo que si yo viviera. ¡Esta multitud que inunda las aceras continuará su activo y alegre tráfago, bajo el mismo azul del cielo, calentada por el mismo oro tibio del sol! En los bosques los nidos seguirán piando y los amantes seguirán buscándose en las bocas la furtiva miel de la vida. Las mismas preocupaciones atormentarán a las almas… Los mismos placeres, sin cesar renovados, deleitarán a las generaciones… La tierra continuará girando como una inmensa mariposa alrededor de la llama del sol… y yo ya no existiré, ya no veré nada, ya no sentiré nada… Me pudriré silenciosamente en un cajón de madera que se desmoronará conmigo…

Pasarán las parejas de aves sobre la tierra que me cubre, sin conmover mis cenizas…

El sol despertará germinaciones nuevas en derredor mío, sin que mis pobres huesos se calienten con su fuego bendito.

Mi memoria habrá pasado entre los hombres, mi huella se habrá perdido, mi nombre nadie habrá de pronunciarlo. El hueco que dejé estará lleno…

Y si al menos fuese así, si la muerte se redujese a un eterno e inconmovible sueño... pero las palabras de Hamlet nos torturan el pensamiento: «Morir... dormir... soñar... ¡¡¡*soñar acaso*!!!

IV

No, no es posible ya padecer más; la resistencia humana tiene sus límites, y la mía está agotada. Esta obsesión de la muerte, en los últimos tiempos se ha enseñoreado de mí en modo tal, que ya no puedo hablar más que de ella, ni pensar más que en ella... Mis noches son de agonía lenta y odiosa... mis días tristes hasta opacar mi tristeza la luz del sol... Mi tormento llega al heroísmo de los tormentos... Ya no puedo con mi mal, y voy a acudir al más absurdo... al más extraño... al más ilógico, pero también al más efectivo de los remedios... ¡¡Voy a matarme!! Sí, a matarme; ¿concebís esto? A matarme... ¡por miedo a la muerte!

V

Sobre el pecho del suicida se encontraron, a guisa de carta, las páginas que copio. Los periódicos han publicado ya parte de ellas. Yo he creído piadoso reproducirlas todas...

LOS CABALLOS DE ABDERA

Leopoldo Lugones

Abdera, la ciudad tracia del Egeo, que actualmente es Balastra y que no debe ser confundida con su tocaya bética, era célebre por sus caballos.

Descollar en Tracia por sus caballos, no era poco; y ella descollaba hasta ser única. Los habitantes todos tenían a gala la educación de tan noble animal, y esta pasión cultivada a porfía durante largos años, hasta formar parte de las tradiciones fundamentales, había producido efectos maravillosos. Los caballos de Abdera gozaban de fama excepcional, y todas las poblaciones tracias, desde los cicones hasta los bisaltos, eran tributarios en esto de los bistones, pobladores de la mencionada ciudad. Debe añadirse que semejante industria, uniendo el provecho a la satisfacción, ocupaba desde el rey hasta el último ciudadano.

Estas circunstancias habían contribuido también a intimar las relaciones entre el bruto y sus dueños, mucho más de lo que era y es habitual para el resto de las naciones; llegando a considerarse las caballerizas como un ensanche del hogar, y extremándose las naturales exageraciones de toda pasión, hasta admitir caballos en la mesa. Eran verdaderamente notables corceles, pero bestias al fin. Otros dormían en cobertores de biso; algunos pesebres tenían frescos sencillos, pues no pocos veterinarios sostenían el gusto artístico de la raza caballar, y el cementerio equino ostentaba entre pompas burguesas, ciertamente recargadas, dos o tres obras maestras. El templo más hermoso de la ciudad estaba consagrado a Anón, el caballo que Neptuno hizo salir de la tierra con un golpe de su tridente; y creo que la moda de rematar las proas en cabezas de caballo, tenga igual proveniencia; siendo seguro en todo caso que los bajorrelieves hípicos fueron el ornamento más común de toda aquella arquitectura. El monarca era quien se mostraba más decidido por los corceles, llegando hasta tolerar a los suyos verdaderos crímenes que los volvieron singularmente bravíos; de tal modo que los nombres de Podargos y de Lampón figuraban en fábulas sombrías; pues es del caso decir que los caballos tenían nombres como personas.

Tan amaestrados estaban aquellos animales, que las bridas eran innecesarias, conservándolas únicamente como adornos, muy apreciados desde luego por los mismos caballos. La palabra era el medio usual de comunicación con ellos; y observándose que la libertad favorecía el desarrollo de sus buenas condiciones, dejábanlos todo el tiempo no requerido por la albarda o el arnés en libertad de cruzar a sus anchas las magníficas praderas formadas en el suburbio, a la orilla del Kossínites para su recreo y alimentación.

A son de trompa los convocaban cuando era menester, y así para el trabajo como para el pienso eran exactísimos. Rayaba en lo increíble su habilidad para toda clase de juegos de circo y hasta de salón, su bravura en los combates, su discreción en las ceremonias solemnes. Así, el hipódromo de Abdera tanto como sus compañías de volatines; su caballería acorazada de bronce y sus sepelios, habían alcanzado tal renombre, que de todas partes acudía gente a admirarlos: mérito compartido por igual entre domadores y corceles.

Aquella educación persistente, aquel forzado despliegue de condiciones, y para decirlo todo en una palabra, aquella humanización de la raza equina iban engendrando un fenómeno que los bistones festejaban como otra gloria nacional. La inteligencia de los caballos comenzaba a desarrollarse pareja con su conciencia, produciendo casos anormales que daban pábulo al comentario general.

Una yegua había exigido espejos en su pesebre, arrancándolos con los dientes de la propia alcoba patronal y destruyendo a coces los de tres paneles cuando no le hicieron el gusto. Concedido el capricho daba muestras de coquetería perfectamente visible. Balios, el más bello potro de la comarca, un blanco elegante y sentimental que tenía dos campañas militares y manifestaba regocijo ante el recitado de hexámetros heroicos, acababa de morir de amor por una dama. Era la mujer de un general, dueño del enamorado bruto, y por cierto no ocultaba el suceso. Hasta se creía que halagaba su vanidad, siendo esto muy natural, por otra parte, en la ecuestre metrópoli.

Señalábase igualmente casos de infanticidio, que aumentando en forma alarmante, fue necesario corregir con la presencia de viejas mulas adoptivas; un gusto creciente por el pescado y por el cáñamo cuyas plantaciones saqueaban los animales; y varias rebeliones aisladas que hubo de corregirse, siendo insuficiente el látigo, por medio del hierro candente. Esto último fue en aumento, pues el instinto de rebelión progresaba a pesar de todo.

Los bistones, más encantados cada vez con sus caballos, no paraban mientes en eso. Otros hechos más significativos produjéronse de allí a poco. Dos o tres atalajes habían hecho causa común contra un carretero que azotaba su yegua rebelde. Los caballos resistíanse cada vez más al enganche y al yugo, de tal modo que empezó a preferirse el asno. Había animales que no aceptaban determinado apero; mas como pertenecían a los ricos, se refería a su rebelión comentándola mimosamente a título de capricho.

Un día los caballos no vinieron al son de la trompa, y fue menester constreñirlos por la fuerza; pero los subsiguientes no se reprodujo la rebelión. Al fin esta ocurrió cierta vez que la marea cubrió la playa de pescado muerto, como solía suceder. Los caballos se hartaron de eso, y se les vio regresar al campo suburbano con lentitud sombría.

Medianoche era cuando estalló el singular conflicto. De pronto un trueno sordo y persistente conmovió el ámbito de la ciudad. Era que todos los caballos se habían puesto en movimiento a la vez para asaltarla, pero esto se supo luego, inadvertido al principio en la sombra de la noche y la sorpresa de lo inesperado.

Como las praderas de pastoreo quedaban entre las murallas, nada pudo contener la agresión; y añadido a esto el conocimiento minucioso que los animales tenían de los domicilios, ambas cosas acrecentaron la catástrofe.

Noche memorable entre todas, sus horrores solo aparecieron cuando el día vino a ponerlos en evidencia, multiplicándolos aún. Las puertas reventadas a coces yacían por el suelo dando paso a feroces manadas que se sucedían casi sin interrupción. Había corrido sangre, pues no pocos vecinos cayeron aplastados bajo el casco y los dientes de la banda en cuyas filas causaron estragos también las armas humanas.

Conmovida de tropeles, la ciudad oscurecíase con la polvareda que engendraban; y un extraño tumulto formado por gritos de cólera o de dolor, relinchos variados como palabras a los cuales mezclábase uno que otro doloroso rebuzno, y estampidos de coces sobre las puertas atacadas, unía su espanto al pavor visible de la catástrofe. Una especie de terremoto incesante hacía vibrar el suelo con el trote de la masa rebelde, exaltado a ratos como en ráfaga huracanada por frenéticos tropeles sin dirección y sin objeto; pues habiendo saqueado todos los plantíos de cáñamo, y hasta algunas bodegas que codiciaban aquellos corceles pervertidos por los refinamientos de la mesa, grupos de animales ebrios aceleraban la obra de destrucción. Y por el lado del mar era imposible huir. Los caballos, conociendo la misión de las naves, cerraban el acceso del puerto.

Solo la fortaleza permanecía incólume y empezábase a organizar en ella la resistencia. Por lo pronto cubríase de dardos a todo caballo que cruzaba por allí, y cuando caía cerca era arrastrado al interior como vitualla.

Entre los vecinos refugiados circulaban los más extraños rumores. El primer ataque no fue sino un saqueo. Derribadas las puertas, las manadas introducíanse en las habitaciones, atentas solo a las colgaduras suntuosas con que intentaban revestirse, a las joyas y objetos brillantes. La oposición a sus designios fue lo que suscitó su furia.

Otros hablaban de monstruosos amores, de mujeres asaltadas y aplastadas en sus propios lechos con ímpetu bestial; y hasta se señalaba a una noble doncella que sollozando narraba entre dos crisis su percance: el despertar en la alcoba a la media luz de la lámpara, rozados sus labios por la innoble jeta de un potro negro que respingaba de placer el belfo enseñando su dentadura asquerosa; su grito de pavor ante aquella bestia convertida en fiera, con el resplandor humano y malévolo de sus ojos incendiados de lubricidad; el mar de sangre con que la inundara al caer atravesado por la espada de un servidor...

Mencionábanse varios asesinatos en que las yeguas se habían divertido con saña femenil, despachurrando a mordiscos a las víctimas. Los asnos habían sido exterminados, y las mulas subleváronse también, pero con torpeza inconsciente, destruyendo por destruir, y particularmente encarnizadas contra los perros. El tronar de las carreras locas seguía estremeciendo la ciudad, y el fragor de los derrumbes iba aumentando. Era urgente organizar una salida, por más que el número y la fuerza de los asaltantes la hiciera singularmente peligrosa, si no se quería abandonar la ciudad a la más insensata destrucción.

Los hombres empezaron a armarse; mas, pasado el primer momento de licencia, los caballos habíanse decidido a atacar también. Un brusco silencio precedió al asalto. Desde la fortaleza distinguían el terrible ejército que se congregaba, no sin trabajo, en el hipódromo. Aquello tardó varias horas, pues cuando todo parecía dispuesto, súbitos corcovos y agudísimos relinchos cuya causa era imposible discernir, desordenaban profundamente las filas.

El sol declinaba ya, cuando se produjo la primera carga. No fue, si se permite la frase, más que una demostración, pues los animales se limitaron a pasar corriendo frente a la fortaleza. En cambio, quedaron acribillados por las saetas de los defensores. Desde el más remoto extremo de la ciudad, lanzáronse otra vez, y su choque contra las defensas fue formidable. La fortaleza retumbó entera bajo aquella tempestad de cascos, y sus recias murallas dóricas quedaron, a decir verdad, profundamente trabajadas.

Sobrevino un rechazo, al cual sucedió muy luego un nuevo ataque. Los que demolían eran caballos y mulos herrados que caían a docenas; pero sus filas cerrábanse con encarnizamiento furioso, sin que la masa pareciera disminuir. Lo peor era que algunos habían conseguido vestir sus bardas de combate en cuya malla de acero se embotaban los dardos. Otros llevaban jirones de tela vistosa, otros, collares, y pueriles en su mismo furor, ensayaban inesperados retozos.

De las murallas los conocían. ¡Dinos, Aethon, Ameteo, Xanthos! Y ellos saludaban, relinchaban gozosamente, enarcaban la cola, cargando enseguida con fogosos respingos. Uno, un jefe ciertamente, irguióse sobre sus corvejones, caminó así un trecho manoteando gallardamente al aire como si danzara un marcial balisteo,[9] contorneando el cuello con serpentina elegancia, hasta que un dardo se le clavó en medio del pecho...

Entre tanto, el ataque iba triunfando. Las murallas empezaban a ceder. Súbitamente una alarma paralizó a las bestias. Unas sobre otras, apoyándose en ancas y lomos, alargaron sus cuellos hacia la alameda que bordeaba la margen del Kossínites; y los defensores volviéndose hacia la misma dirección, contemplaron un tremendo espectáculo.

Dominando la arboleda negra, espantosa sobre el cielo de la tarde, una colosal cabeza de león miraba hacia la ciudad. Era una de esas fieras antediluvianas cuyos ejemplares, cada vez más raros, devastaban de tiempo en tiempo los montes Ródopes. Mas nunca se había visto nada tan monstruoso, pues aquella cabeza dominaba los más altos árboles, mezclando a las hojas teñidas de crepúsculo las greñas de su melena.

Brillaban claramente sus enormes colmillos, percibíanse sus ojos fruncidos ante la luz, llegaba en el hálito de la brisa su olor bravío, inmóvil entre la palpitación del follaje, herrumbrada por el sol casi hasta dorarse su gigantesca crin, alzábase ante el horizonte como uno de esos bloques en que el pelasgo, contemporáneo de las montañas, esculpió sus bárbaras divinidades.

---

[9] Baile o danza.

Y de repente empezó a andar, lento como el océano. Oíase el rumor de la fronda que su pecho apartaba, su aliento de fragua que iba sin duda a estremecer la ciudad cambiándose en rugido. A pesar de su fuerza prodigiosa y de su número, los caballos sublevados no resistieron semejante aproximación. Un solo ímpetu los arrastró por la playa, en dirección a la Macedonia, levantando un verdadero huracán de arena y de espuma, pues no pocos disparábanse a través de las olas.

En la fortaleza reinaba el pánico. ¿Qué podrían contra semejante enemigo? ¿Qué gozne de bronce resistiría a sus mandíbulas? ¿Qué muro a sus garras…?

Comenzaban ya a preferir el pasado riesgo (al fin en una lucha contra bestias civilizadas), sin aliento ni para enflechar sus arcos, cuando el monstruo salió de la alameda. No fue un rugido lo que brotó de sus fauces, sino un grito de guerra humano, el bélico «¡alalé!» de los combates, al que respondieron con regocijo triunfal los «hoyohei» y los «hoyotohó» de la fortaleza.

¡Glorioso prodigio!

Bajo la cabeza del felino, irradiaba luz superior el rostro de un numen; y mezclados soberbiamente con la flava piel, resaltaban su pecho marmóreo, sus brazos de encina, sus muslos estupendos.

Y un grito, un solo grito de libertad, de reconocimiento, de orgullo, llenó la tarde:

—¡Hércules, es Hércules que llega!

LOS BUQUES SUICIDANTES

Horacio Quiroga

Resulta que hay pocas cosas más terribles que encontrar en el mar un buque abandonado. Si de día el peligro es menor, de noche el buque no se ve ni hay advertencia posible: el choque se lleva a uno y otro.

Estos buques abandonados por a o por b, navegan obstinadamente a favor de las corrientes o del viento si tienen las velas desplegadas. Recorren así los mares, cambiando caprichosamente de rumbo.

No pocos de los vapores que un buen día no llegaron a puerto han tropezado en su camino con uno de estos buques silenciosos que viajan por su cuenta. Siempre hay probabilidad de hallarlos, a cada minuto. Por ventura las corrientes suelen enredarlos en los mares de sargazo[10]. Los buques se detienen, por fin, aquí o allá, inmóviles para siempre en ese desierto de algas. Así, hasta que poco a poco se van deshaciendo. Pero otros llegan cada día, ocupan su lugar en silencio, de modo que el tranquilo y lúgubre puerto siempre está frecuentado.

El principal motivo de estos abandonos de buque son sin duda las tempestades y los incendios que dejan a la deriva negros esqueletos errantes. Pero hay otras causas singulares

---

[10]   Sagarzo: alga marina que cubre grandes superficies de agua. Existe el Mar de los Sagarzos.

entre las que se puede incluir lo acaecido al *María Margarita*, que zarpó de Nueva York el 24 de agosto de 1903, y que el 26 de mañana se puso al habla con una corbeta, sin acusar novedad alguna. Cuatro horas más tarde, un paquete, no obteniendo respuesta, desprendió una chalupa[11] que abordó al *María Margarita*. En el buque no había nadie. Las camisetas de los marineros se secaban a proa. La cocina estaba prendida aún. Una máquina de coser tenía la aguja suspendida sobre la costura, como si hubiera sido dejada un momento antes. No había la menor señal de lucha ni de pánico, todo en perfecto orden. Y faltaban todos. ¿Qué pasó?

La noche que aprendí esto estábamos reunidos en el puente. Íbamos a Europa, y el capitán nos contaba su historia marina, perfectamente cierta, por otro lado.

La concurrencia femenina, ganada por la sugestión del oleaje susurrante, oía estremecida. Las chicas nerviosas prestaban sin querer inquieto oído a la ronca voz de los marineros en proa. Una señora muy joven y recién casada se atrevió:

—¿No serán águilas…?

El capitán sonrió bondadosamente:

—¿Qué, señora? ¿Águilas que se lleven a la tripulación? —Todos se rieron, y la joven hizo lo mismo, un poco cortada.

Felizmente un pasajero sabía algo de eso. Lo miramos curiosamente. Durante el viaje había sido un excelente compañero, admirando por su cuenta y riesgo, y hablando poco.

—¡Ah! ¡Si nos contara, señor! —suplicó la joven de las águilas.

—No tengo inconveniente —asintió el discreto individuo.

»En dos palabras: En los mares del norte, como el *María Margarita* del capitán, encontramos una vez un barco a vela.

---

[11] Chalupa: embarcación pequeña con cubierta y dos mástiles.

Nuestro rumbo —viajábamos también a vela—, nos llevó casi a su lado. El singular aire de abandono que no engaña en un buque llamó nuestra atención, y disminuimos la marcha observándolo. Al fin desprendimos una chalupa; a bordo no se halló a nadie, todo estaba también en perfecto orden. Pero la última anotación del diario databa de cuatro días atrás, de modo que no sentimos mayor impresión. Aún nos reímos un poco de las famosas desapariciones súbitas.

»Ocho de nuestros hombres quedaron a bordo para el gobierno del nuevo buque. Viajaríamos de conserva. Al anochecer nos tomó un poco de camino.

»Al día siguiente lo alcanzamos, pero no vimos a nadie sobre el puente. Se desprendió de nuevo la chalupa, y los que fueron recorrieron en vano el buque; todos habían desaparecido. Ni un objeto fuera de su lugar. El mar estaba absolutamente terso en toda su extensión. En la cocina hervía aún una olla con papas.

»Como ustedes comprenderán, el terror supersticioso de nuestra gente llegó a su colmo. A la larga, seis se animaron a llenar el vacío, y yo fui con ellos. Apenas a bordo, mis nuevos compañeros se decidieron a beber para desterrar toda preocupación. Estaban sentados en rueda, y a la hora la mayoría cantaba ya.

»Llegó mediodía y pasó la siesta. A las cuatro, la brisa cesó y las velas cayeron.

»Un marinero se acercó a la borda y miró el mar aceitoso. Todos se habían levantado, paseándose, sin ganas ya de hablar. Uno se sentó en un cabo arrollado y se sacó la camiseta para remendarla. Cosió un rato en silencio. De pronto se levantó y lanzó un largo silbido. Sus compañeros se volvieron. Él los miró vagamente, sorprendido también, y se sentó de nuevo. Un momento después dejó la camiseta en el rollo, avanzó a la borda y se tiró al agua. Al sentir ruido, los otros dieron vuelta la cabeza, con el ceño ligeramente fruncido. Pero enseguida parecieron olvidarse del incidente, volviendo a la apatía común.

»Al rato otro se desperezó, se restregó los ojos caminando, y se tiró al agua. Pasó media hora; el sol iba cayendo. Sentí de pronto que me tocaban en el hombro.

»«¿Qué hora es?».

»«Las cinco», respondí. El viejo marinero que me había hecho la pregunta me miró desconfiado, con las manos en los bolsillos, recostándose enfrente de mí.

»Miró largo rato mi pantalón, distraído. Al fin se tiró al agua.

»Los tres que quedaban se acercaron rápidamente y observaron el remolino. Se sentaron en la borda, silbando despacio, con la vista perdida a lo lejos. Uno se bajó y se tendió en el puente, cansado. Los otros desaparecieron uno tras otro. A las seis, el último de todos se levantó, se compuso la ropa, se apartó el pelo de la frente, caminó con sueño aún, y se tiró al agua.

»Entonces quedé solo, mirando como un idiota el mar desierto. Todos, sin saber lo que hacían, se habían arrojado al mar, envueltos en el sonambulismo morboso que flotaba en el buque. Cuando uno se tiraba al agua, los otros se volvían momentáneamente preocupados, como si recordaran algo, para olvidarse enseguida. Así habían desaparecido todos, y supongo que lo mismo los del día anterior, y los otros y los de los demás buques. Esto es todo.

Nos quedamos mirando al raro hombre con explicable curiosidad.

—¿Y usted no sintió nada? —le preguntó mi vecino de camarote.

—Sí; una gran desgana y obstinación de las mismas ideas, pero nada más. No sé por qué no sentí nada más. Presumo que el motivo es este: en vez de agotarme en una defensa angustiosa y a toda costa contra lo que sentía, como deben de haber hecho todos, y aun los marineros sin darse cuenta, acepté sencillamente esa muerte hipnótica, como si estuviese anulado ya. Algo muy semejante ha pasado sin duda a los centinelas de aquella guardia célebre, que noche a noche se ahorcaban.

Como el comentario era bastante complicado, nadie respondió. Poco después el narrador se retiraba a su camarote. El capitán lo siguió un rato de reojo.

—¡Farsante! —murmuró.

—Al contrario —dijo un pasajero enfermo, que iba a morir a su tierra—. Si fuera un farsante no habría dejado de pensar en eso, y se hubiera tirado también al agua.

UN FENÓMENO INEXPLICABLE

Leopoldo Lugones

Hace de esto once años. Viajaba por la región agrícola que se dividen las provincias de Córdoba y de Santa Fe, provisto de las recomendaciones indispensables para escapar a las horribles posadas de aquellas colonias en formación. Mi estómago, derrotado por los invariables salpicones con hinojo y las fatales nueces del postre, exigía fundamentales refacciones. Mi última peregrinación debía efectuarse bajo los peores auspicios. Nadie sabía indicarme un albergue en la población hacia donde iba a dirigirme. Sin embargo, las circunstancias apremiaban, cuando el juez de paz que me profesaba cierta simpatía vino en mi auxilio.

—Conozco allá —me dijo— un señor inglés viudo y solo. Posee una casa, lo mejor de la colonia, y varios terrenos de no escaso valor. Algunos servicios que mi cargo me puso en situación de prestarle, serán buen pretexto para la recomendación que usted desea, y que si es eficaz le proporcionará excelente hospedaje. Digo si es eficaz, pues mi hombre, no obstante sus buenas cualidades, suele tener su luna en ciertas ocasiones, siendo, además, extraordinariamente reservado. Nadie ha podido penetrar en su casa más allá del dormitorio donde instala a sus huéspedes, muy escasos por otra parte. Todo esto quiere decir que va usted en condiciones nada ventajosas, pero es cuanto puedo suministrarle. El éxito es pura-

mente casual. Con todo, si usted quiere una carta de recomendación…

Acepté y emprendí acto continuo mi viaje, llegando al
punto de destino horas después.

Nada tenía de atrayente el lugar. La estación con su techo de
tejas coloradas; su andén crujiente de carbonilla; su semáforo
a la derecha, su pozo a la izquierda. En la doble vía del frente,
media docena de vagones que aguardaban la cosecha. Más
allá el galpón, bloqueado por bolsas de trigo. A raíz del terra-
plén, la pampa con su color amarillento como un pañuelo de
hierbas; casitas sin revoque diseminadas a lo lejos, cada una
con su parva al costado; sobre el horizonte el festón de humo
del tren en marcha, y un silencio de pacífica enormidad ento-
nando el color rural del paisaje.

Aquello era vulgarmente simétrico como todas las funda-
ciones recientes. Se notaban rayas de mensura en esa fisonomía de pradera otoñal. Algunos colonos llegaban a la esta-
feta en busca de cartas. Pregunté a uno por la casa consabida,
obteniendo inmediatamente las señas. Noté en el modo de
referirse a mi huésped, que se lo tenía por hombre considerable.

No vivía lejos de la estación. Unas diez cuadras más allá,
hacia el oeste, al extremo de un camino polvoroso que con la
tarde tomaba coloraciones lilas, distinguí la casa con su para-
peto y su cornisa, de cierta gallardía exótica entre las vivien-
das circundantes; su jardín al frente; el patio interior rodeado
por una pared tras la cual sobresalían ramas de duraznero[12].
El conjunto era agradable y fresco; pero todo parecía desha-
bitado.

En el silencio de la tarde, allá sobre la campiña desierta,
aquella casita, no obstante su aspecto de chalet industrioso,

---

[12] Árbol, variedad de melocotonero con un fruto un poco más pequeño.

tenía una especie de triste dulzura, algo de sepulcro nuevo en el emplazamiento de un antiguo cementerio.

Cuando llegué a la verja, noté que en el jardín había rosas, rosas de otoño, cuyo perfume aliviaba como una caridad la fatigosa exhalación de las trillas. Entre las plantas que casi podía tocar con la mano, crecía libremente la hierba; y una pala cubierta de óxido yacía contra la pared, con su cabo enteramente liado por una guía de enredadera.

Empujé la puerta de reja, atravesé el jardín, y no sin cierta impresión vaga de temor fui a golpear la puerta interna. Pasaron minutos. El viento se puso a silbar en una rendija, agravando la soledad. A un segundo llamado, sentí pasos; y poco después la puerta se abría, con un ruido de madera reseca. El dueño de casa apareció saludándome.

Presenté mi carta. Mientras leía, pude observarlo a mis anchas. Cabeza elevada y calva; rostro afeitado de *clergyman*; labios generosos, nariz austera. Debía de ser un tanto místico. Sus protuberancias superciliares equilibraban con una recta expresión de tendencias impulsivas el desdén imperioso de su mentón. Definido por sus inclinaciones profesionales, aquel hombre podía ser lo mismo un militar que un misionero. Hubiera deseado mirar sus manos para completar mi impresión, mas solo podía verlas por el dorso.

Enterado de la carta, me invitó a pasar, y todo el resto de mi permanencia, hasta la hora de comer, quedó ocupado por mis arreglos personales. En la mesa fue donde empecé a notar algo extraño.

Mientras comíamos, advertí que no obstante su perfecta cortesía, algo preocupaba a mi interlocutor. Su mirada, invariablemente dirigida hacia un ángulo de la habitación, manifestaba cierta angustia; pero como su sombra daba precisamente en ese punto, mis miradas furtivas nada pudieron descubrir. Por lo demás, bien podía no ser aquello sino una distracción habitual.

La conversación seguía en tono bastante animado, sin embargo. Se trataba del cólera, que por entonces azotaba los pueblos cercanos. Mi huésped era homeópata, y no disimulaba su satisfacción por haber encontrado en mí uno del gremio. A este propósito, cierta frase del diálogo hizo variar su tendencia. La acción de las dosis reducidas acababa de sugerirme un argumento que me apresuré a exponer.

—La influencia que sobre el péndulo de Rutter —dije concluyendo una frase—, ejerce la proximidad de cualquier substancia, no depende de la cantidad. Un glóbulo homeopático determina oscilaciones iguales a las que produciría una dosis quinientas o mil veces mayor.

Advertí al momento que acababa de interesar con mi observación. El dueño de casa me miraba ahora.

—Sin embargo —respondió— Reichenbach ha contestado negativamente esa prueba. Supongo que ha leído usted a Reichenbach.

—Lo he leído, sí; he atendido sus críticas, he ensayado, y mi aparato, confirmando a Rutter, me ha demostrado que el error procedía del sabio alemán, no del inglés. La causa de semejante error es sencillísima, tanto que me sorprende cómo no dio con ella el ilustre descubridor de la parafina y de la creosota.

Aquí, sonrisa de mi huésped, prueba terminante de que nos entendíamos.

—¿Usó usted el primitivo péndulo de Rutter, o el perfeccionado por el doctor Leger?

—El segundo —respondí.

—Es mejor. ¿Y cuál sería, según sus investigaciones, la causa del error de Reichenbach?

—Esta: los sensitivos con que operaba, influían sobre el aparato, sugestionándose por la cantidad del cuerpo estudiado. Si la oscilación provocada por un escrúpulo de magnesia, supongamos, alcanzaba una amplitud de cuatro líneas, las ideas corrientes sobre la relación entre causa y efecto exigían que la oscilación aumentara en proporción con la cantidad: diez gramos, por ejemplo. Los sensitivos del barón eran individuos nada versados por lo común en especulaciones científicas; y quienes practican experiencias así, saben cuán poderosamente influyen sobre tales personas las ideas tenidas por verdaderas, sobre todo si son lógicas. Aquí está, pues, la causa del error. El péndulo no obedece a la cantidad, sino a la naturaleza del cuerpo estudiado solamente; pero cuando el sensitivo cree que la cantidad mayor influye, aumenta el efecto, pues toda creencia es una volición. Un péndulo, ante el cual el sujeto opera sin conocer las variaciones de cantidad, confirma a Rutter. Desaparecida la alucinación…

—Oh, ya tenemos aquí la alucinación —dijo mi interlocutor con manifiesto desagrado.

—No soy de los que explican todo por la alucinación, a lo menos confundiéndola con la subjetividad, como frecuentemente ocurre. La alucinación es para mí una fuerza, más que un estado de ánimo y, así considerada, se explica por medio de ella buena porción de fenómenos. Creo que es la doctrina justa.

—Desgraciadamente es falsa. Mire usted, yo conocí a Home, el médium, en Londres, allá por 1872. Seguí luego con vivo interés las experiencias de Crookes, bajo un criterio radicalmente materialista; pero la evidencia se me impuso con motivo de los fenómenos del 74. La alucinación no basta para explicarlo todo. Créame usted, las apariciones son autónomas…

—Permítame una pequeña digresión —interrumpí, encontrando en aquellos recuerdos una oportunidad para comprobar mis deducciones sobre el personaje—; quiero hacerle una pregunta, que no exige desde luego contestación si es indiscreta. ¿Ha sido usted militar?

—Poco tiempo; llegué a subteniente del ejército de la India.

—Por cierto, la India sería para usted un campo de curiosos estudios.

—No; la guerra cerraba el camino del Tíbet a donde hubiese querido llegar. Fui hasta Cawnpore, nada más. Por motivos de salud, regresé después a Inglaterra; de Inglaterra pasé a Chile en 1879; y por último a este país en 1888.

—¿Enfermó usted en la India?

—Sí —respondió con tristeza el antiguo militar, clavando nuevamente sus ojos en el rincón del aposento.

—¿El cólera?… —insistí.

Apoyó él la cabeza en la mano izquierda, miró por sobre mí, vagamente. Su pulgar comenzó a moverse entre los ralos cabellos de la nuca. Comprendí que iba a hacerme una confidencia de la cual eran prólogo aquellos ademanes, y esperé. Afuera chirriaba un grillo en la oscuridad.

—Fue algo peor todavía —comenzó mi huésped—. Fue el misterio. Pronto hará cuarenta años y nadie lo ha sabido hasta ahora. ¿Para qué decirlo? No lo hubieran entendido, creyéndome loco por lo menos. No soy un triste, soy un desesperado. Mi mujer falleció hace ocho años, ignorando el mal que me devoraba, y afortunadamente no he tenido hijos. Encuentro en usted por primera vez un hombre capaz de comprenderme.

Me incliné agradecido.

—¡Es tan hermosa la ciencia, la ciencia libre, sin capilla y sin academia! Y, no obstante, está usted todavía en los umbrales. Los fluidos ódicos de Reichenbach no son más que el prólogo. El caso que va usted a conocer, le revelará hasta dónde puede llegarse.

El narrador se conmovía. Mezclaba frases inglesas a su castellano un tanto gramatical. Los incisos adquirían una tendencia imperiosa, una plenitud rítmica extraña en aquel acento extranjero.

—En febrero de 1858 —continuó— fue cuando perdí toda mi alegría. Habrá usted oído hablar de los yoguis, los singulares mendigos cuya vida se comparte entre el espionaje y la taumaturgia. Los viajeros han popularizado sus hazañas, que sería inútil repetir. Pero ¿sabe en qué consiste la base de sus poderes?

—Creo que en la facultad de producir cuando quieren el autosonambulismo, volviéndose de tal modo insensibles, videntes…

—Es exacto. Pues bien, yo vi operar a los yoguis en condiciones que imposibilitaban toda superchería. Llegué hasta fotografiar las escenas, y la placa reprodujo todo, tal cual yo lo había visto. La alucinación resultaba, así, imposible, pues los ingredientes químicos no se alucinan… Entonces quise desarrollar idénticos poderes. He sido siempre audaz, y luego no estaba entonces en situación de apreciar las consecuencias. Puse, pues, manos a la obra.

—¿Por cuál método?

Sin responderme, continuó:

—Los resultados fueron sorprendentes. En poco tiempo llegué a dormir. Al cabo de dos años producía la traslación consciente. Pero aquellas prácticas me habían llevado al colmo de la inquietud. Me sentía espantosamente desamparado, y con la seguridad de una cosa adversa mezclada a mi vida como un veneno. Al mismo tiempo, me devoraba la curiosidad. Estaba en la pendiente y ya no podía detenerme. Por una continua tensión de voluntad, conseguía salvar las apariencias ante el mundo. Mas, poco a poco, el poder despertado en mí se volvía más rebelde... Una distracción prolongada ocasionaba el desdoblamiento. Sentía mi personalidad fuera de mí, mi cuerpo venía a ser algo así como una afirmación del no yo, diré expresando concretamente aquel estado. Como las impresiones se avivaban, produciéndome angustiosa lucidez, resolví una noche ver mi doble. Ver qué era lo que salía de mí, siendo yo mismo, durante el sueño extático.

—¿Y pudo conseguirlo?

—Fue una tarde, casi de noche ya. El desprendimiento se produjo con la facilidad acostumbrada. Cuando recobré la conciencia, ante mí, en un rincón del aposento, había una forma. Y esa forma era un mono, un horrible animal que me miraba fijamente. Desde entonces no se aparta de mí. Lo veo constantemente. Soy su presa. A donde quiera que él va, voy conmigo, con él. Está siempre ahí. Me mira constantemente, pero no se me acerca jamás, no se mueve jamás, no me muevo jamás...

Subrayo los pronombres trocados en la última frase, tal como la oí. Una sincera aflicción me embargaba. Aquel hombre padecía, en efecto, una sugestión atroz.

—Cálmese usted —le dije, aparentando confianza—. La reintegración no es imposible.

—¡Oh, sí! —respondió con amargura—. Esto es ya viejo. Figúrese usted, he perdido el concepto de la unidad. Sé que dos y dos son cuatro, por recuerdo; pero ya no lo siento. El más sencillo problema de aritmética carece de sentido para mí, pues me falta la convicción de la cantidad. Y todavía sufro cosas más raras. Cuando me tomo una mano con la otra, por ejemplo, siento que aquella es distinta, como si perteneciera a otra persona que no soy yo. A veces veo las cosas dobles, porque cada ojo procede sin relación con el otro…

Era, a no dudarlo, un caso curioso de locura, que no excluía el más perfecto raciocinio.

—Pero en fin, ¿ese mono?… —pregunté para agotar el asunto.

—Es negro como mi propia sombra, y melancólico al lado de un hombre. La descripción es exacta, porque lo estoy viendo ahora mismo. Su estatura es mediana, su cara como todas las caras de mono. Pero siento, no obstante, que se parece a mí. Hablo con entero dominio de mí mismo. ¡Ese animal se parece a mí!

Aquel hombre, en efecto, estaba sereno; y, sin embargo, la idea de una cara simiesca formaba tan violento contraste con su rostro de aventajado ángulo facial, su cráneo elevado y su nariz recta, que la incredulidad se imponía por esta circunstancia, más aún que por lo absurdo de la alucinación.

Él notó perfectamente mi estado; se puso de pie como adoptando una resolución definitiva:

—Voy a caminar por este cuarto, para que usted lo vea. Observe mi sombra, se lo ruego.

Levantó la luz de la lámpara, hizo rodar la mesa hasta un extremo del comedor y comenzó a pasearse. Entonces, la más grande de las sorpresas me embargó. ¡La sombra de aquel sujeto no se movía! Proyectada sobre el rincón, de la cintura arriba, y con la parte inferior sobre el piso de madera clara, parecía una membrana, alargándose y acortándose según la mayor o menor proximidad de su dueño. No podía yo notar desplazamiento alguno bajo las incidencias de luz en que a cada momento se encontraba el hombre.

Alarmado al suponerme víctima de tamaña locura, resolví desimpresionarme y ver si hacía algo parecido con mi huésped por medio de un experimento decisivo. Le pedí que me dejara obtener su silueta pasando un lápiz sobre el perfil de la sombra.

Concedido el permiso, fijé un papel con cuatro migas de pan mojado hasta conseguir la más perfecta adherencia posible a la pared, y de manera que la sombra del rostro quedase en el centro mismo de la hoja. Quería, como se ve, probar por la identidad del perfil entre la cara y su sombra (esto saltaba a la vista, pero el alucinado sostenía lo contrario) el origen de dicha sombra, con intención de explicar luego su inmovilidad asegurándome una base exacta.

Mentiría si dijera que mis dedos no temblaron un poco al posarse en la mancha sombría, que por lo demás diseñaba perfectamente el perfil de mi interlocutor; pero afirmo con entera certeza que el pulso no me falló en el trazado. Hice la línea sin levantar la mano, con un lápiz Hardtmuth azul, y no despegué la hoja, concluido que hube, hasta no hallarme convencido por una escrupulosa observación de que mi trazo coincidía perfectamente con el perfil de la sombra, y este con el de la cara del alucinado.

Mi huésped seguía la experiencia con inmenso interés. Cuando me aproximé a la mesa, vi temblar sus manos de emoción contenida. El corazón me palpitaba, como presintiendo un infausto desenlace.

—No mire usted —dije.

—¡Miraré! —me respondió con un acento tan imperioso, que a mi pesar puse el papel ante la luz.

Ambos palidecimos de una manera horrible. Allí ante nuestros ojos, la raya de lápiz trazaba una frente deprimida, una nariz chata, un hocico bestial. ¡El mono! ¡La cosa maldita!

Y conste que yo no sé dibujar.

UNA ESPERANZA

Amado Nervo

I

En un ángulo de la pieza, habilitada de capilla, Luis, el joven militar y, abrumado por el paso su mala fortuna, pensaba.

Pensaba en los viejos días de su niñez, pródiga en goces y rodeada de mimos, en la amplia y tranquila casa paterna, uno de esos caserones de provincia, sólidos, vastos, con jardín, huerta y establos, con espaciosos corredores, con grandes ventanas que abrían sobre la solitaria calle de una ciudad de segundo orden (no lejos, por cierto, de aquella en que él iba a morir), sus rectángulos cubiertos por encorvadas y potentes rejas, en las cuales lucía discretamente la gracia viril de los rosetones de hierro forjado.

Recordaba su adolescencia, sus primeros ensueños, vagos como luz de estrellas, sus amores cristalinos, misteriosos, asustadizos como un cervatillo en la montaña y más pensados que dichos, con la güerita[13] de enagua corta, que apenas deletreaba los libros y la vida...

Luego desarrollábase ante sus ojos el claro paisaje de su juventud fogosa; sus camaradas alegres y sus relaciones ya serias con la rubia de marras, vuelta mujer y que ahora reza sin duda porque vuelva.

---

[13] Rubia.

¡Ay!, en vano, en vano…

Y, por último, llegaba a la época más reciente de su vida, al período de entusiasmo patriótico, que le hizo afiliarse al Partido Liberal, amenazado de muerte por la Reacción, ayudada en esta vez de un poder extranjero y que, después de varias escaramuzas y batallas, le había llevado a aquel espantoso trance.

Cogido con las armas en la mano, hecho prisionero y ofrecido con otros compañeros a trueque de las vidas de algunos oficiales reaccionarios había visto desvanecerse su última esperanza, en virtud de que la proposición, cuando correligionarios, habían fusilado ya a los prisioneros conservadores.

Iba, pues, a morir. Esta idea que había salido por un instante de la zona de su pensamiento, gracias a la excursión amable por los sonrientes recuerdos de la niñez y de la juventud, volvía de pronto, con todo su horror, estremeciéndole de pies a cabeza.

Iba a morir… ¡a morir! No podía creerlo, y, sin embargo, la verdad tremenda se imponía; bastaba mirar alrededor; aquel altar improvisado, aquel Cristo viejo y gesticulante sobre cuyo cuerpo esqueletado caía móvil y siniestra la luz amarillenta de las velas, y, ahí cerca, visibles a través de la rejilla de la puerta, las cantinelas de vista… Iba a morir, así, fuerte, joven, rico, amado… ¡Y todo por qué! Por una abstracta noción de patria y de partido… ¿Y qué cosa era la patria? Algo muy impreciso, muy vago para él en aquellos momentos de turbación, en tanto que la vida, la vida que iba a perder, era algo real, realismo, definido… ¡era su vida!

¡La Patria! ¡Morir por la Patria! —pensaba—. Pero es que esta, en su augusta y divina inconsciencia, no sabrá siquiera que he muerto por ella…

«¡Y que importa, si tú lo sabes!» —le replicaba allá dentro un subconsciente misterioso—. «La Patria lo sabrá por tu propio conocimiento, por tu pensamiento propio, que es un pedazo de su pensamiento y de su conciencia colectiva... Eso basta...».

No, no bastaba eso... y sobre todo, no quería morir; su vida era «muy suya» y no quería que se la quitaran. Un formidable instinto de conservación se sublevaba en todo su ser y ascendía incontenible, torturador y lleno de protestas.

A veces, la fatiga de las prolongadas vigilias, la intensidad de aquella sorda fermentación de su pensamiento, el exceso mismo de la pena, le alumbraban y dormitaban un poco; pero entonces, su despertar brusco y la inmediata, clarísima y repentina noción de su fin, un punto perdido, eran un tormento inefable, y el cuitado, con las manos sobre el rostro, sollozaba con un sollozo que llegando al oído de los centinelas, hacíales asomar por la rejilla sus caras atezadas, en las que se leía la secular indiferencia del indio.

II

Se oyó en la puerta un breve cuchicheo y enseguida esta se abrió dulcemente para dar entrada a un sombrío personaje, cuyas ropas se diluyeron casi en el negro de la noche, que vencía las últimas claridades crepusculares.

Era un sacerdote.

El joven militar, apenas lo vio, se puso en pie y extendió hacia él los brazos como para detenerle, exclamando:

—¡Es inútil, padre, no quiero confesarme!

Y sin aguardar a que la sombra aquella respondiera, continuó con exaltación creciente:

—No, no me confieso, es inútil que venga usted a molestarme. ¿Sabe usted lo que quiero? Quiero la vida, que no me quiten la vida; es mía, muy mía y no tienen derecho de arrebatármela... Si son cristianos, ¿por qué me matan? En vez de enviarle a usted a que me abra las puertas de la vida eterna, que empiecen por no cerrarme las de esta... No quiero morir, ¿entiende usted?, me rebelo a morir; soy joven, muy sano, soy rico, tengo padres y una novia que me adora; la vida es bella, muy bella para mí... Morir en el campo de batalla, en medio del estruendo del combate, al lado de los compañeros que luchan, enardecida la sangre por el sonido del clarín... ¡bueno, bueno! Pero morir, oscura y tristemente, pegado a la barda mohosa de una puerta, en el rincón de una sucia plazuela, a las primeras luces del alba, sin que nadie sepa siquiera que ha muerto uno como los hombres... ¡padre, padre, eso es horrible!

Y el infeliz se echó en el suelo, sollozando.

—Hijo mío —dijo el sacerdote cuando comprendió que podía ser oído—; yo no vengo a traerle a usted los consuelos de la religión; en esta vez soy emisario de los hombres y no de Dios, y si usted me hubiese oído con calma desde un principio, hubiera usted evitado esa exacerbación de pena que le hace sollozar de tal manera. Yo vengo a traerle justamente la vida, ¿entiende usted?, esa vida que usted pedía hace un instante con tales extremos de angustia... ¡la vida que es para usted tan preciosa! Óigame con atención, procurando dominar sus nervios y sus emociones, porque no tenemos tiempo que perder; he entrado con el pretexto de confesar a usted y es preciso que todos crean que usted se confiesa; arrodíllese, pues, y escúcheme. Tiene usted amigos poderosos que se interesan por su suerte; su familia ha hecho hasta lo imposible por salvarlo, y no pudiendo obtenerse del jefe de las armas la gracia de usted, se ha logrado con graves dificultades e incontables riesgos sobornar al jefe del pelotón encargado de fusilarle. Los fusiles estarán cargados solo con pólvora y taco; al oír el disparo, usted caerá como los otros, los que con usted serán llevados al patíbulo, y permanecerá inmóvil. La oscuridad de la hora le ayudará a representar esta comedia. Manos piadosas —las de los Hermanos de la Misericordia, ya de acuerdo—le recogerán a usted del sitio en cuanto el pelotón se aleje, y le ocultarán hasta llegada la noche, durante la cual sus amigos facilitarán su huida. Las tropas liberales avanzan sobre la ciudad, a la que pondrán sin duda cerco dentro de breves días. Se unirá usted a ellas si gusta. Conque… ya lo sabe usted todo; ahora rece en voz alta el «Yo pecador», mientras pronuncio la fórmula de la absolución, y procure dominar su júbilo durante las horas que faltan para la ejecución, a fin de que nadie sospeche la verdad.

—Padre —murmuró el oficial, a quien la impresión de una alegría loca permitía apenas el uso de la palabra—, ¡que Dios lo bendiga! —y luego, presa súbitamente de una duda terrible—: Pero… ¿todo esto es verdad?… —añadió temblando—. ¿No se trata de un engaño piadoso, destinado a endulzar mis últimas horas? ¡Oh, eso sería inicuo, padre!

—Hijo mío, un engaño de tal naturaleza constituiría la mayor de las infamias, y yo soy incapaz de cometerla…

—Es cierto, padre, perdóneme, no sé lo que digo, ¡estoy loco de júbilo!

—Calma, hijo, mucha calma y hasta mañana; yo estaré con usted en el momento solemne.

III

Apuntaba apenas el alba, una alba desteñida y friolenta de febrero, cuando los reos —cinco por todos— que debían ser ejecutados fueron sacados de la prisión y conducidos, en compañía del sacerdote, que rezaba con ellos, a una plazuela terregosa y triste, limitada por bardas semiderruidas y donde era costumbre llevar a cabo las ejecuciones.

Nuestro Luis marchaba entre ellos con paso firme, con erguida frente; pero llena el alma de una emoción desconocida y de un deseo infinito de que acabase pronto aquella horrible farsa.

Al llegar a la plazuela, los cinco reos fueron colocados en fila, a cierta distancia, y la tropa que los escoltaba, a la voz de mando, se dividió en cinco grupos de a siete hombres, según previa distribución hecha por el cuartel.

El coronel del cuerpo, que asistía a la ejecución, indicó al sacerdote que desde la prisión había ido exhortando a los reos, que los vendara y se alejase luego a cierta distancia. Así lo hizo el padre y el jefe del pelotón dio las primeras órdenes con voz seca y perentoria.

La leve sangre de la aurora empezaba a teñir con desmayo melancólico las nubecillas del oriente y estremecían el silencio de la madrugada los primeros toques de una campanita cercana que llamaba a misa.

De pronto una espera rubricó el aire, una detonación formidable y desigual llenó de ecos la plazuela, y los cinco ajusticiados cayeron trágicamente en medio de la penumbra semirrosada del amanecer.

El jefe del pelotón hizo enseguida desfilar a los soldados con la cara vuelta hacia los reos y con breves órdenes organizó el regreso al cuartel, mientras que los Hermanos de la Misericordia se apercibían a recoger los cadáveres.

En aquel momento, un granuja de los muchos mañaneadores que asistían a la ejecución, gritó con voz destemplada, señalando a Luis, que yacía cuan largo era al pie del muro:

—¡Ese está vivo! ¡Ese está vivo! Ha movido una pierna…

El jefe del pelotón se detuvo, vaciló un instante, quiso decir algo al pillete; pero sus ojos se encontraron con la mirada interrogadora, fría e imperiosa del coronel, y desnudando la gran pistola Colt que llevaba ceñida, avanzó hacia Luis, que presa del terror más espantoso, casi no respiraba, apoyó el cañón en su sien izquierda e hizo fuego.

EL PSYCHON

Leopoldo Lugones

El doctor Paulin, ventajosamente conocido en el mundo científico por el descubrimiento del telectróscopo, el electroide y el espejo negro, de los cuales hablaremos algún día, llegó a esta capital hará próximamente ocho años, de incógnito, para evitar manifestaciones, que su modestia repudiaba. Nuestros médicos y hombres de ciencia leerán correctamente el nombre del personaje, que disimulo bajo un patronímico supuesto, tanto por carecer de autorización para publicarlo cuanto porque el desenlace de este relato ocasionaría polémicas, que mi ignorancia no sabría sostener en campo científico.

Un reumatismo vulgar, aunque rebelde a todo tratamiento, me hizo conocer al doctor Paulin cuando todavía era aquí un forastero. Cierto amigo, miembro de una sociedad de estudios psíquicos a quien venía recomendado desde Australia el doctor, nos puso en relaciones. Mi reumatismo desapareció mediante un tratamiento helioterápico original del médico; y la gratitud hacia él, tanto como el interés que sus experiencias me causaban, convirtió nuestra aproximación en amistad, desarrollando un sincero afecto.

Una ojeada preliminar sobre las mencionadas experiencias servirá de introducción explicativa, necesaria para la mejor comprensión de lo que sigue. El doctor Paulin era, ante todo, un físico distinguido. Discípulo de Wroblewski en la Universidad de Cracovia, habíase dedicado con preferencia al estudio de la licuación de los gases, problema que, planteado imaginativamente por Lavoisier, debía quedar resuelto luego por Faraday, Cagniard-Latour y Thilorier. Pero no era este el único género de investigaciones en que sobresalía el doctor.

Su profesión se especializaba en el mal conocido terreno de la terapéutica sugestiva, siendo digno émulo de los Charcot, los Dumontpallier, los Landolt, los Luys; y aparte el sistema helioterápico citado más arriba, mereció ser consultado por Guimbail y por Branly repetidas veces, sobre temas tan delicados como la conductibilidad de los neurones, cuya ley recién determinada entonces por ambos sabios era el caso palpitante de la ciencia.

Forzoso es confesar, no obstante, que el doctor Paulin adolecía de un defecto grave. Era espiritualista, teniendo, para mayor pena, la franqueza de confesado. Siempre recordaré a este respecto el final de una carta que dirigió en julio del 98 al profesor Elmer Gates, de Washington, contestando otra en la cual este le comunicaba particularmente sus experiencias sobre la sugestión en los perros y sobre la dirigación, o sea, la acción modificadora ejercida por la voluntad sobre determinadas partes del organismo.

—Y bien, sí —decía el doctor—; tenéis razón para vuestras conclusiones, que acabo de ver publicadas junto con el relato de vuestras experiencias en el *New York Medical Times*. El espíritu es quien rige los tejidos orgánicos y las funciones fisiológicas, porque es él quien crea esos tejidos y asegura su facultad vital. Ya sabéis si me siento inclinado a compartir vuestra opinión.

Así, el doctor Paulin era mirado de reojo por las academias. Como a Crookes, como a de Rochas, lo aceptaban con agudas sospechas. Solo faltaba la estampilla materialista para que le expidieran su diploma de sabio. ¿Por qué estaba en Buenos Aires el doctor Paulin? Parece que a causa de una expedición científica con la que procuraba coronar ciertos estudios botánicos aplicados a la medicina. Algunas plantas que por mi intermedio consiguió, entre otras la jarilla, cuyas propiedades emenagogas habíale yo descrito, dieron pie para una súplica a que su amabilidad defirió de buen grado. Le pedí autorización para asistir a sus experimentos, siendo testigo de ellos desde entonces.

Tenía el doctor, en el pasaje X, un laboratorio al cual se llegaba por la sala de consultas. Todos cuantos lo conocieron recordarán perfectamente este y otros detalles, pues nuestro hombre era tan sabio como franco y no hacía misterio de su existencia. En aquel laboratorio fue donde una noche, hablando con el doctor sobre las prescripciones rituales que afectan a los cleros de todo el mundo, obtuve una explicación singular de cierto hecho que me traía muy atareado. Comentábamos la tonsura, cuya explicación yo no hallaba, cuando el doctor me lanzó de pronto este argumento que no pretendo discutir:

—Sabe usted que las exhalaciones fluídicas del hombre son percibidas por los sensitivos en forma de resplandores, rojos los que emergen del lado derecho, azulados los que se desprenden del izquierdo. Esta ley es constante, excepto en los zurdos, cuya polaridad se trueca, naturalmente, lo mismo para el sensitivo que para el imán. Poco antes de conocerlo, experimentando sobre ese hecho con Antonia, la sonámbula que nos sirvió para ensayar el electroide, me hallé en presencia de un hecho que llamó extraordinariamente mi atención. La sensitiva veía desprenderse de mi occipucio una llama amarilla, que ondulaba alargándose hasta treinta centímetros de altura. La persistencia con que la muchacha afirmaba este hecho me llenó de asombro. No podía siquiera presumir una sugestión involuntaria, pues en este género de investigaciones empleo el método del doctor Luys, hipnotizando solamente las retinas para dejar libre la facultad racional.

El doctor se levantó de su asiento y empezó a pasearse por la habitación.

—Con el interés que se explica ante un fenómeno tan inesperado, ensayé el otro día una experiencia con cinco muchachos pagados al efecto. Antonia no vio en ninguno la misteriosa llama, aunque sí las aureolas ordinarias; mas cuál no sería mi sorpresa al oírla exclamar en presencia del portero, don Francisco, usted sabe, llamado por mí como último recurso: «El señor sí la tiene, clarita pero menos brillante». Cavilé dos días sobre aquel fenómeno; hasta que de pronto, por ese hábito de no desperdiciar detalle adquirido en semejantes estudios, se me ocurrió una idea que, ligeramente ridícula primero, no tardó en volverse aceptable.

Chupó vigorosamente su cigarro y continuó:

—Tengo la costumbre de operar llevando puesto mi fez casero; la calvicie me obliga a esta incorrección... Cuando Antonia vio sobre mi cabeza el fulgor amarillo, estaba sin gorro, habiéndomelo quitado por el excesivo calor. ¿No habría sido el cabello de los muchachos lo que impidió la emisión de la llama? Según Fugairon, la capa córnea que constituye la epidermis es mal conductor de la electricidad animal; de modo que el pelo, sustancia córnea también, posee idéntica propiedad. Además, don Francisco es calvo como yo, y la coincidencia del fenómeno en ambos autorizaba una presunción atendible. Mis investigaciones posteriores la confirmaron plenamente; y ahora comprenderá usted la razón de ser de la tonsura. Los sacerdotes primitivos observarían sobre la cabeza de algunos apóstoles electrógenos, diremos, aceptando un término de reciente creación, el resplandor que Antonia percibía en las nuestras. El hecho, de Moisés acá, no es raro en las cronologías legendarias. Luego se notaría el obstáculo que presentaba el cabello, y se establecería el hábito de rapar aquel punto del cráneo por donde surgía el fulgor, a fin de que este fenómeno, cuyo prestigio se infiere, pudiera manifestarse con toda intensidad. ¿Le parece convincente mi explicación?

—Me parece, por lo menos, tan ingeniosa como la de Volney, para quien la tonsura es el símbolo del sol...

Tenía la costumbre de contradecirlo así, indirectamente, para que llegase hasta el fin en sus explicaciones.

—Podría usted citar, asimismo, la de Brillat-Savarin, según el cual se ha prescrito la tonsura a los monjes para que tengan fresca la cabeza —replicó el doctor entre picado y sonriente—. No obstante, hay algo más —prosiguió animándose—. Desde mucho tiempo antes proyectaba una experiencia sobre esas emanaciones fluídicas, sobre la *lohé*, para usar la expresión de Reichenbach, su descubridor; quería obtener el espectro de esos fulgores. Lo intenté, haciéndome describir por la sensitiva, minuciosamente, todos los fenómenos...

—¿...Y qué resulta? —pregunté entusiasmado.

—Resulta una raya verde en el índigo para la coloración roja, y dos negras en el verde para la coloración azul. En cuanto a la amarilla descubierta por mí, el resultado es extraordinario. Antonia dice ver en el rojo una raya violeta claro.

—¡Absurdo!

—Lo que usted quiera; pero yo le he presentado un espectro, y ella me ha indicado en él la posición de la raya que ve o cree ver. Según estos datos, y con todas las suposiciones de error posible, creo que esa raya es la número 5567. De ser así, habría una identidad curiosa; pues la raya 5567 coincidiría exactamente con la hermosa raya número 4 de la aurora boreal...

—¡Pero, doctor, todo esto es fantasía pura! —exclamé alarmado por aquellas ideas vertiginosas.

—No, amigo mío. Esto significaría sencillamente que el polo es algo así como la coronilla del planeta.

Poco después de la conversación que he referido y cuya última frase concluyó entre la más afable sonrisa del doctor Paulin, este me leyó una tarde, entusiasmado, las primeras noticias sobre la licuación del hidrógeno efectuada por Dewar en mayo de aquel año, y sobre el descubrimiento hecho algunos días después por Travers y Ramsay de tres elementos nuevos en el aire: el kriptón, el neón y el metargón, aplicando precisamente el procedimiento de licuación de los gases; y a propósito de estos hechos recuerdo aún su frase de labor y de combate:

—No; no es posible que yo muera sin ligar mi nombre a uno de estos descubrimientos, que son la gloria de una vida. Mañana mismo continuaré mis experiencias.

Desde el siguiente día púsose a trabajar, en efecto, con ardor febril; y aunque yo debía estar curado de asombro ante sus éxitos, no pude menos de estremecerme cuando una tarde me dijo con voz tranquila:

—¿Creerá usted que he visto con mis propios ojos esa raya en el espectro del neón?

—¿De veras? —dije con evidente descortesía.

—De veras. Creo que la tal raya me ha puesto en buen camino. Pero a fin de satisfacer su curiosidad, me es menester hablarle de ciertas indagaciones que he mantenido reservadas.

Agradecí calurosamente y me dispuse a oír con avidez. El doctor empezó:

—Aunque las noticias sobre la licuación del hidrógeno eran harto breves, mis conocimientos en la materia me permitieron completarlas, bastándome modificar el aparato de Olzewski, que uso en la preparación del aire líquido. Aplicando después el principio de la destilación fraccionada, obtuve, como Travers y Ramsay, los espectros del kriptón, el neón y el metargón. Dispuse luego extraer estos cuerpos, por si aparecía algún espectro nuevo en el residuo, y efectivamente, cuando ya no quedó más, vi aparecer la raya mencionada.

—¿Y cómo se opera la extracción?

—Evaporando lentamente el aire líquido, y recogiendo en un recipiente el gas desprendido por esa evaporación. Si tuviera aquí una máquina Linde que me suministrara sesenta kilogramos de aire líquido por hora, podría operar en gran escala; pero he debido contentarme con una producción de ochocientos centímetros cúbicos. Obtenido el gas en el recipiente, lo trato por el cobre calentado para retirar el oxígeno, y por una mezcla de cal con magnesio para absorber el ázoe. Queda, pues, aislado el argón; y entonces es cuando aparece la doble raya verde del kriptón, descubierta por Ramsay. Licuando el argón aislado, y sometiéndolo a una evaporación lenta, los productos de la destilación suministran en el tubo de Geissler una luz rojo-anaranjada, con nuevas rayas, que por la interposición de una botella de Leyden aumentan, caracterizando el espectro del neón. Si la destilación prosigue, se obtiene un producto sólido de evaporación muy lenta, cuyo espectro se caracteriza por dos líneas, una verde y la otra amarilla, denunciando la existencia del metargón o eosium, según propone Berthelot. Hasta aquí, es todo lo que se sabe.

—¿Y la raya violeta?

—Vamos a verla dentro de algunos instantes. Sepa usted, entretanto, que para llegar a resultados iguales yo procedo de otro modo. Retiro el oxígeno y el ázoe por medio de las sustancias indicadas; luego el argón y el metargón con hiposulfito de soda; el kriptón enseguida con fosfuro de cinc, y por último el neón con ferrocianuro de potasio. Este método es empírico. Queda todavía en el recipiente un residuo comparable a la escarcha, que se evapora con suma lentitud. El gas resultante es mi descubrimiento.

Me incliné ante aquellas palabras solemnes.

—He estudiado sus constantes físicas, llegando a determinar algunas. Su densidad es de 25,03, siendo la del oxígeno de 16, como es sabido. He determinado también la longitud de la onda sonora en ese fluido y el número encontrado, permitiéndome evaluar la relación de los calores específicos, que me ha indicado que es monoatómico. Pero el resultado sorprendente está en su espectro, caracterizado por una raya violeta en el rojo, la raya 5567 coincidente con la número 4 de la aurora boreal, la misma que presentaba el fulgor amarillo percibido por Antonia sobre mi cabeza.

Ante tal afirmación, dejé escapar esta pregunta inocente:

—¿Y qué será ese cuerpo, doctor?

Con gran sorpresa mía, el sabio sonrió satisfecho.

—Ese cuerpo... ¡hum! Ese cuerpo bien podría ser pensamiento volatilizado.

Di un salto en la silla, pero el doctor me impuso silencio con un ademán.

—¿Por qué no? —siguió diciendo—. El cerebro irradia pensamiento en forma de fuerza mecánica, habiendo grandes probabilidades de que lo haga también en forma fluídica. La llama amarilla no sería en este caso más que el producto de la combustión cerebral, y la analogía de su espectro con el de la sustancia descubierta por mí me hace creer que sean algo idéntico. Figúrese, por el consumo diario de pensamiento, la enorme irradiación que debe producirse. ¿Qué se harían, efectivamente, los pensamientos inútiles o extraños, las creaciones de los imaginativos, los éxtasis de los místicos, los ensueños de los histéricos, los proyectos de los ilógicos, todas esas fuerzas cuya acción no se manifiesta por falta de aplicación inmediata? Los astrólogos decían que los pensamientos viven en la luz astral, como fuerzas latentes susceptibles de actuar en determinadas condiciones. ¿No sería esto una intuición del fenómeno que la ciencia está en camino de descubrir? Por lo demás, el pensamiento como entidad psíquica es inmaterial; pero sus manifestaciones deben de ser fluídicas, y esto es quizá lo que he llegado a obtener como un producto de laboratorio.

A horcajadas en su teoría, el doctor lanzábase audazmente por aquellas regiones, desarrollando una temible lógica, a la que yo intentaba resistir en vano.

—He dado a mi cuerpo el nombre de Psychon —concluyó—; ya comprende usted por qué. Mañana intentaremos una experiencia: licuaremos el pensamiento. (El doctor me agregaba, como se ve, a sus experimentos, y me guardé bien de rehusar.) Después calcularemos si es posible realizar su oclusión en algún metal, y acuñaremos medallas psíquicas. Medallas de genio, de poesía, de audacia, de tristeza… Luego determinaremos su sitio en la atmósfera, llamando «psicósfera» si se permite la expresión, a la capa correspondiente… Hasta mañana a las dos, entonces, y veremos lo que resulta de todo esto.

A las dos en punto estábamos en obra.

El doctor me enseñó su nuevo aparato. Consistía en tres espirales concéntricas formadas por tubos de cobre y comunicadas entre sí. El gas desembocaba en la espiral exterior, bajo una presión de seiscientas cuarenta y tres atmósferas, y una temperatura de -136° obtenida por la evaporación del etileno según el sistema circulatorio de Pictet; recorriendo las otras dos serpentinas, iba a distenderse en la extremidad inferior de la espiral interna, y atravesando sucesivamente los compartimientos anulares en que se encontraban aquellas, desembocaba cerca de su punto de partida en el extremo superior de la segunda. El aparato medía en conjunto 0,70 m de altura por 0,175 m de diámetro. La distensión del fluido comprimido ocasionaba el descenso de temperatura requerido para su licuación, por el método llamado de la cascada, también perteneciente al profesor Pictet.

La experiencia comenzó, previos los trámites del caso que solo interesarían a los profesionales, siendo por ello suprimidos. Mientras el doctor operaba, yo me disponía a escribir los resultados que me dictase en un formulario. Doy a continuación esas anotaciones tal como las redactó, en gracia de la precisión indispensable. Decía el doctor:

—Cuando la distensión llega a cuatrocientas atmósferas, se obtiene una temperatura de -237,3° y el fluido desemboca en un vaso de dobles paredes separadas por un espacio vacío de aire; la pared interior está plateada, para impedir aportes de calor por convección o por irradiación. El producto es un líquido transparente e incoloro que presenta cierta analogía con el alcohol. Las constantes críticas del psychon son, pues, cuatrocientas atmósferas y -237,3°. Un hilo de platino cuya resistencia es de 5.038 ohms en el hielo fundente no presenta más que una de 0,119 en el psychon hirviendo. La ley de variación de la resistencia de este hilo con la temperatura me permite fijar la de la ebullición del psychon en -265°. ¿Sabe usted lo que quiere decir esto? —me preguntó, suspendiendo bruscamente el dictado.

No le respondí; la situación era demasiado grave.

—Esto quiere decir —prosiguió como hablando consigo mismo— que ya no estaríamos más que a ocho grados del cero absoluto.

Yo me había levantado, y con la ansiedad que es de suponer examinaba el líquido cuyo menisco se destacaba claramente en el vaso. ¡El pensamiento...! ¡El cero absoluto...! Vagaba con cierta lúcida embriaguez en el mundo de las temperaturas imposibles. Si pudiera traducirse, pensaba, ¿qué diría este poco de agua clara que tengo ante mis ojos? ¿Qué oración pura de niño, qué intento criminal, qué proyectos estarán encerrados en este recipiente? ¿O quizá alguna malograda creación de arte, algún descubrimiento perdido en las oscuridades del ilogismo...? El doctor, entretanto, presa de una emoción que en vano intentaba reprimir, medía el aposento a grandes pasos. Por fin se aproximó al aparato diciendo:

—El experimento está concluido. Rompamos ahora el recipiente para que este líquido pueda escapar evaporándose. Quién sabe si al retenerlo no causamos la congoja de alguna alma...

Practicose un agujero en la pared superior del vaso, y el líquido empezó a descender, mientras el ruido mate de un escape se percibía distintamente. De pronto noté en la cara del doctor una expresión sardónica enteramente fuera de las circunstancias; y casi al mismo tiempo, la idea de que sería una inconveniencia estúpida saltar por encima de la mesa acudió a mi espíritu; mas, apenas lo hube pensado, cuando ya el mueble pasó bajo mis piernas, no sin darme tiempo para ver que el doctor arrojaba al aire como una pelota su gato, un siamés legítimo, verdadera niña de sus ojos. El cuaderno fue a parar con una gran carcajada en las narices del doctor, provocando por parte de este una pirueta formidable en honor mío.

Lo cierto es que durante una hora estuvimos cometiendo las mayores extravagancias, con gran estupefacción de los vecinos a quienes atrajo el tumulto y que no sabían cómo explicarse la cosa. Yo recuerdo apenas que, en medio de la risa, me asaltaban ideas de crimen entre una vertiginosa enunciación de problemas matemáticos. El gato mismo se mezclaba a nuestras cabriolas con un ardor extraño a su apatía tropical, y aquello no cesó sino cuando los espectadores abrieron de par en par las puertas; pues el pensamiento puro que habíamos absorbido era seguramente el elixir de la locura.

El doctor Paulin desapareció al día siguiente, sin que por mucho tiempo me fuese dado averiguar su paradero. Ayer, por primera vez, me llegó una noticia exacta. Parece que ha repetido su experimento, pues se encuentra en Alemania en una casa de salud.

LA GALLINA DEGOLLADA

Horacio Quiroga

Todo el día, sentados en el patio en un banco, estaban los cuatro hijos idiotas del matrimonio Mazzini-Ferraz. Tenían la lengua entre los labios, los ojos estúpidos y volvían la cabeza con la boca abierta.

El patio era de tierra, cerrado al oeste por un cerco de ladrillos. El banco quedaba paralelo a él, a cinco metros, y allí se mantenían inmóviles, fijos los ojos en los ladrillos. Como el sol se ocultaba tras el cerco, al declinar los idiotas tenían fiesta. La luz enceguecedora llamaba su atención al principio, poco a poco sus ojos se animaban; se reían al fin estrepitosamente, congestionados por la misma hilaridad ansiosa, mirando el sol con alegría bestial, como si fuera comida.

Otras veces, alineados en el banco, zumbaban horas enteras, imitando al tranvía eléctrico. Los ruidos fuertes sacudían asimismo su inercia, y corrían entonces, mordiéndose la lengua y mugiendo, alrededor del patio. Pero casi siempre estaban apagados en un sombrío letargo de idiotismo, y pasaban todo el día sentados en su banco, con las piernas colgantes y quietas, empapando de glutinosa saliva el pantalón.

El mayor tenía doce años, y el menor ocho. En todo su aspecto sucio y desvalido se notaba la falta absoluta de un poco de cuidado maternal. Esos cuatro idiotas, sin embargo, habían sido un día el encanto de sus padres. A los tres meses de casados, Mazzini y Berta orientaron su estrecho amor de marido y mujer, y mujer y marido, hacia un porvenir mucho más vital: un hijo.

¿Qué mayor dicha para dos enamorados que esa honrada consagración de su cariño, libertado ya del vil egoísmo de un mutuo amor sin fin ninguno y, lo que es peor para el amor mismo, sin esperanzas posibles de renovación?

Así lo sintieron Mazzini y Berta, y cuando el hijo llegó, a los catorce meses de matrimonio, creyeron cumplida su felicidad. La criatura creció, bella y radiante, hasta que tuvo año y medio. Pero en el vigésimo mes sacudiéronlo una noche convulsiones terribles, y a la mañana siguiente no conocía más a sus padres. El médico lo examinó con esa atención profesional que está visiblemente buscando la causa del mal en las enfermedades de los padres.

Después de algunos días los miembros paralizados recobraron el movimiento; pero la inteligencia, el alma, aun el instinto, se habían ido del todo; había quedado profundamente idiota, baboso, colgante, muerto para siempre sobre las rodillas de su madre.

—¡Hijo, mi hijo querido! —sollozaba esta, sobre aquella espantosa ruina de su primogénito.

El padre, desolado, acompañó al médico afuera.

—A usted se le puede decir; creo que es un caso perdido. Podrá mejorar, educarse en todo lo que le permita su idiotismo, pero no más allá.

—¡Sí!… ¡sí!… —asentía Mazzini—. Pero dígame… ¿Usted cree que es herencia, que…?

—En cuanto a la herencia paterna, ya le dije lo que creí cuando vi a su hijo. Respecto a la madre, hay allí un pulmón que no sopla bien. No veo nada más, pero hay un soplo un poco rudo. Hágala examinar bien.

Con el alma destrozada de remordimiento, Mazzini redobló el amor a su hijo, el pequeño idiota que pagaba los excesos del abuelo. Tuvo asimismo que consolar, sostener sin tregua a Berta, herida en lo más profundo por aquel fracaso de su joven maternidad.

Como es natural, el matrimonio puso todo su amor en la esperanza de otro hijo. Nació este, y su salud y limpidez de risa reencendieron el porvenir extinguido. Pero a los dieciocho meses las convulsiones del primogénito se repetían, y al día siguiente amanecía idiota.

Esta vez los padres cayeron en honda desesperación. ¡Luego su sangre, su amor estaban malditos! ¡Su amor, sobre todo! Veintiocho años él, veintidós ella, y toda su apasionada ternura no alcanzaba a crear un átomo de vida normal. Ya no pedían más belleza e inteligencia como en el primogénito; ¡pero un hijo, un hijo como todos!

Del nuevo desastre brotaron nuevas llamaradas de dolorido amor, un loco anhelo de redimir de una vez para siempre la santidad de su ternura.

Sobrevinieron mellizos, y punto por punto repitiose el proceso de los dos mayores.

Mas, por encima de su inmensa amargura, quedaba a Mazzini y Berta gran compasión por sus cuatro hijos.

Hubo que arrancar del limbo de la más honda animalidad, no ya sus almas, sino el instinto mismo abolido. No sabían deglutir, cambiar de sitio, ni aun sentarse. Aprendieron al fin a caminar, pero chocaban contra todo por no darse cuenta de los obstáculos. Cuando los lavaban mugían hasta inyectarse de sangre el rostro. Animábanse solo al comer, o cuando veían colores brillantes u oían truenos. Se reían entonces, echando afuera lengua y ríos de baba, radiantes de frenesí bestial. Tenían, en cambio, cierta facultad imitativa; pero no se pudo obtener nada más.

Con los mellizos pareció haber concluido la aterradora descendencia. Pero pasados tres años desearon de nuevo ardientemente otro hijo, confiando en que el largo tiempo transcurrido hubiera aplacado a la fatalidad.

No satisfacían sus esperanzas. Y en ese ardiente anhelo que se exasperaba, en razón de su infructuosidad, se agriaron. Hasta ese momento cada cual había tomado sobre sí la parte que le correspondía en la miseria de sus hijos; pero la desesperanza de redención ante las cuatro bestias que habían nacido de ellos echó afuera esa imperiosa necesidad de culpar a los otros, que es patrimonio específico de los corazones inferiores.

Iniciáronse con el cambio de pronombres: tus hijos. Y como a más del insulto había la insidia, la atmósfera se cargaba.

—Me parece —díjole una noche Mazzini, que acababa de entrar y se lavaba las manos— que podrías tener más limpios a los muchachos.

Berta continuó leyendo como si no hubiera oído.

—Es la primera vez —repuso al rato— que te veo inquietarte por el estado de tus hijos.

Mazzini volvió un poco la cara a ella con una sonrisa forzada:

—De nuestros hijos, ¿me parece?

—Bueno; de nuestros hijos. ¿Te gusta así? —alzó ella los ojos.

Esta vez Mazzini se expresó claramente:

—Creo que no vas a decir que yo tenga la culpa, ¿no?

—¡Ah, no! —se sonrió Berta, muy pálida— ¡pero yo tampoco, supongo!… ¡No faltaba más!… —murmuró.

—¿Que no faltaba más?

—¡Que si alguien tiene la culpa, no soy yo, entiéndelo bien! Eso es lo que te quería decir.

Su marido la miró un momento, con brutal deseo de insultarla.

— ¡Dejemos! —articuló, secándose por fin las manos.

—Como quieras; pero si quieres decir…

—¡Berta!

—¡Como quieras!

Este fue el primer choque y le sucedieron otros. Pero en las inevitables reconciliaciones, sus almas se unían doble arrebato y locura por otro hijo.

Nació así una niña. Vivieron dos años con la angustia a flor de alma, esperando siempre otro desastre. Nada acaeció, sin embargo, y los padres pusieron en ella toda su complacencia, que la pequeña llevaba a los más extremos límites del mimo y la mala crianza.

Si aún en los últimos tiempos Berta cuidaba siempre de sus hijos, al nacer Bertita olvidose casi del todo de los otros. Su solo recuerdo la horrorizaba, como algo atroz que la hubieran obligado a cometer. A Mazzini, bien que en menor grado, pasábale lo mismo.

No por eso la paz había llegado a sus almas. La menor indisposición de su hija echaba ahora afuera, con el de terror de perderla, los rencores de su descendencia podrida. Habían acumulado hiel sobrado tiempo para que el vaso no quedara distendido, y al menor contacto el veneno se vertía afuera. Desde el primer disgusto emponzoñado habíanse perdido el respeto; y si hay algo a que el hombre se siente arrastrado con cruel fruición es, cuando ya se comenzó, a humillar del todo a una persona. Antes se contenían por la mutua falta de éxito; ahora que este había llegado, cada cual, atribuyéndolo a sí mismo, sentía mayor la infamia de los cuatro engendros que el otro habíale forzado a crear.

Con estos sentimientos, no hubo ya para los cuatro hijos mayores afecto posible. La sirvienta los vestía, les daba de comer, los acostaba, con visible brutalidad. No los lavaban casi nunca. Pasaban casi todo el día sentados frente al cerco, abandonados de toda remota caricia.

De este modo Bertita cumplió cuatro años, y esa noche, resultado de las golosinas que era a los padres absolutamente imposible negarle, la criatura tuvo algún escalofrío y fiebre. Y el temor a verla morir o quedar idiota, tornó a reabrir la eterna llaga.

Hacía tres horas que no hablaban, y el motivo fue, como casi siempre, los fuertes pasos de Mazzini.

—¡Mi Dios! ¿No puedes caminar más despacio? ¿Cuántas veces?…

—Bueno, es que me olvido; ¡se acabó! No lo hago a propósito. Ella se sonrió, desdeñosa:

—¡No, no te creo tanto!

—Ni yo, jamás, te hubiera creído tanto a ti… ¡tisiquilla!

—¡Qué! ¿Qué dijiste?…

—¡Nada!

—¡Sí, te oí algo! Mira: ¡no sé lo que dijiste; pero te juro que prefiero cualquier cosa a tener un padre como el que has tenido tú!

Mazzini se puso pálido.

—¡Al fin! —murmuró con los dientes apretados—. ¡Al fin, víbora, has dicho lo que querías!

—¡Sí, víbora, sí! ¡Pero yo he tenido padres sanos! ¿Oyes?, ¡sanos! ¡Mi padre no ha muerto de delirio! ¡Yo hubiera tenido hijos como los de todo el mundo! ¡Esos son hijos tuyos, los cuatro tuyos!

Mazzini explotó a su vez.

—¡Víbora tísica! ¡Eso es lo que te dije, lo que te quiero decir! ¡Pregúntale, pregúntale al médico quién tiene la mayor culpa de la meningitis[14] de tus hijos; mi padre o tu pulmón picado, víbora!

Continuaron cada vez con mayor violencia, hasta que un gemido de Bertita selló instantáneamente sus bocas. A la una de la mañana la ligera indigestión había desaparecido, y como pasa fatalmente con todos los matrimonios jóvenes que se han amado intensamente una vez siquiera, la reconciliación llegó, tanto más efusiva cuanto hirientes fueran los agravios.

Amaneció un espléndido día, y mientras Berta se levantaba escupió sangre. Las emociones y mala noche pasada tenían, sin duda, gran culpa. Mazzini la retuvo abrazada largo rato, y ella lloró desesperadamente, pero sin que ninguno se atreviera a decir una palabra.

A las diez decidieron salir, después de almorzar. Como apenas tenían tiempo, ordenaron a la sirvienta que matara una gallina.

El día radiante había arrancado a los idiotas de su banco. De modo que mientras la sirvienta degollaba en la cocina al animal, desangrándolo con parsimonia (Berta había aprendido de su madre este buen modo de conservar frescura a la carne), creyó sentir algo como respiración tras ella. Volviose, y vio a los cuatro idiotas, con los hombros pega-

[14] Meningitis: inflamación de las meninges, tres membranas que envuelven el encéfalo y la médula espinal.

dos uno a otro, mirando estupefactos la operación. Rojo... rojo...

—¡Señora! Los niños están aquí, en la cocina.

Berta llegó; no quería que jamás pisaran allí. ¡Y ni aún en esas horas de pleno perdón, olvido y felicidad reconquistada, podía evitarse esa horrible visión! Porque, naturalmente, cuanto más intensos eran los raptos de amor a su marido e hija, más irritado era su humor con los monstruos.

—¡Que salgan, María! ¡Échelos! ¡Échelos, le digo! Las cuatro pobres bestias, sacudidas, brutalmente empujadas, fueron a dar a su banco.

Después de almorzar, salieron todos. La sirvienta fue a Buenos Aires, y el matrimonio a pasear por las quintas. Al bajar el sol volvieron, pero Berta quiso saludar un momento a sus vecinas de enfrente. Su hija escapose enseguida a casa.

Entretanto los idiotas no se habían movido en todo el día de su banco. El sol había traspuesto ya el cerco, comenzaba a hundirse, y ellos continuaban mirando los ladrillos, más inertes que nunca.

De pronto, algo se interpuso entre su mirada y el cerco. Su hermana, cansada de cinco horas paternales, quería observar por su cuenta. Detenida al pie del cerco, miraba pensativa la cresta. Quería trepar, eso no ofrecía duda. Al fin decidiose por una silla desfondada, pero faltaba aún. Recurrió entonces a un cajón de kerosene, y su instinto topográfico hízole colocar vertical el mueble, con lo cual triunfó.

Los cuatro idiotas, la mirada indiferente, vieron cómo su hermana lograba pacientemente dominar el equilibrio, y cómo en puntas de pie apoyaba la garganta sobre la cresta del cerro, entre sus manos tirantes.

Viéronla mirar a todos lados, y buscar apoyo con el pie para alzarse más. Pero la mirada de los idiotas se había animado;

una misma luz insistente estaba fija en sus pupilas. No apartaban los ojos de su hermana, mientras creciente sensación de gula bestial iba cambiando cada línea de sus rostros. Lentamente avanzaron hacia el cerco. La pequeña, que habiendo logrado calzar el pie, iba ya a montar a horcajadas y a caerse del otro lado, seguramente, sintiose cogida de la pierna. Debajo de ella, los ocho ojos clavados en los suyos le dieron miedo.

—¡Soltame! ¡Dejame! —gritó sacudiendo la pierna. Pero fue atraída.

—¡Mamá! ¡Ay, mamá! ¡Mamá, papá! —lloró imperiosamente. Trató aún de sujetarse del borde, pero sintiose arrancada y cayó.

—Mamá, ¡ay! Ma… —No pudo gritar más. Uno de ellos le apretó el cuello, apartando los bucles como si fueran plumas, y los otros la arrastraron de una sola pierna hasta la cocina, donde esa mañana se había desangrado a la gallina, bien sujeta, arrancándole la vida segundo por segundo.

Mazzini, en la casa de enfrente, creyó oír la voz de su hija.

—Me parece que te llama —le dijo a Berta.

Prestaron oído, inquietos, pero no oyeron más. Con todo, un momento después se despidieron, y mientras Berta iba a dejar su sombrero, Mazzini avanzó en el patio:

—¡Bertita!

Nadie respondió.

—¡Bertita! —alzó más la voz, ya alterada.

Y el silencio fue tan fúnebre para su corazón siempre aterrado, que la espalda se le heló de horrible presentimiento.

—¡Mi hija, mi hija! —corrió ya desesperado hacia el fondo. Pero al pasar frente a la cocina vio en el piso un mar de sangre. Empujó violentamente la puerta entornada, y lanzó un grito de horror.

Berta, que ya se había lanzado corriendo a su vez al oír el angustioso llamado del padre, oyó el grito y respondió con otro. Pero al precipitarse en la cocina, Mazzini, lívido como la muerte, se interpuso, conteniéndola:

—¡No entres! ¡No entres!

Berta alcanzó a ver el piso inundado de sangre. Solo pudo echar sus brazos sobre la cabeza y hundirse a lo largo de él con un ronco suspiro.

LA ÚLTIMA GUERRA

Amado Nervo

I

Tres habían sido las grandes revoluciones de que se tenía noticia: la que pudiéramos llamar Revolución cristiana, que en modo tal modificó la sociedad y la vida en todo el haz del planeta; la Revolución francesa, que, eminentemente justiciera, vino, a cercén de guillotina, a igualar derechos y cabezas, y la Revolución socialista, la más reciente de todas, aunque remontaba al año dos mil treinta de la era cristiana. Inútil sería insistir sobre el horror y la unanimidad de esta última revolución, que conmovió la tierra hasta en sus cimientos y que de una manera tan radical reformó ideas, condiciones, costumbres, partiendo en dos el tiempo, de suerte que en adelante ya no pudo decirse sino: Antes de la Revolución social; Después de la Revolución social. Solo haremos notar que hasta la propia fisonomía de la especie, merced a esta gran conmoción, se modificó en cierto modo. Cuéntase, en efecto, que antes de la Revolución había, sobre todo en los últimos años que la precedieron, ciertos signos muy visibles que distinguían físicamente a las clases llamadas entonces privilegiadas, de los proletarios, a saber: las manos de los individuos de las primeras, sobre todo de las mujeres, tenían dedos afilados, largos, de una delicadeza superior al pétalo de un jazmín, en tanto que las manos de los proletarios, fuera de su notable aspereza o del espesor exagerado de sus dedos, solían tener seis de estos en la diestra, encontrándose el sexto (un poco rudimentario, a decir verdad, y más bien formado por una callosidad semiarticulada) entre el pulgar y el índice, generalmente. Otras muchas marcas delataban, a lo que se cuenta, la diferencia de las clases, y mucho temeríamos fatigar la paciencia del oyente enumerándolas. Solo diremos que los gremios de conductores de vehículos y locomóviles de cualquier género, tales como aeroplanos, aeronaves, aerociclos, automóviles, expresos magnéticos, directísimos transetéreolunares, etc., cuya característica en el trabajo era la perpetua inmovilidad de piernas, habían llegado a la atrofia absoluta de estas, al grado de que, terminadas sus tareas, se dirigían a sus domicilios en pequeños carros eléctricos especiales, usando de ellos para cualquier traslación personal. La Revolución social vino, empero, a cambiar de tal suerte la condición humana, que todas estas características fueron desapareciendo en el transcurso de los siglos, y en el año tres mil quinientos dos de la Nueva Era (o sea cinco mil quinientos treinta y dos de la Era Cristiana) no quedaba ni un vestigio de tal desigualdad dolorosa entre los miembros de la humanidad.

La Revolución social se maduró, no hay niño de escuela que no lo sepa, con la anticipación de muchos siglos. En realidad, la Revolución francesa la preparó, fue el segundo eslabón de la cadena de progresos y de libertades que empezó con la Revolución cristiana; pero hasta el siglo xix de la vieja Era no empezó a definirse el movimiento unánime de los hombres hacia la igualdad. El año de la Era cristiana 1950 murió el último rey, un rey del Extremo Oriente, visto como una positiva curiosidad por las gentes de aquel tiempo. Europa, que, según la predicción de un gran capitán (a decir verdad, considerado hoy por muchos historiadores como un personaje mítico), en los comienzos del siglo xx (post J.C.) tendría que ser republicana o cosaca se convirtió, en efecto, en el año de 1916, en los Estados Unidos de Europa, federación creada a imagen y semejanza de los Estados Unidos de América (cuyo recuerdo en los anales de la humanidad ha sido tan brillante, y que en aquel entonces ejercían en los destinos del viejo Continente una influencia omnímoda).

II

Pero no divaguemos; ya hemos usado más de tres cilindros de fonotelerradiógrafo en pensar estas reminiscencias[15], y no llegamos aún al punto capital de nuestra narración.

Como decíamos al principio, tres habían sido las grandes revoluciones de que se tenía noticia; pero después de ellas, la humanidad, acostumbrada a una paz y a una estabilidad inconmovibles, así en el terreno científico, merced a lo definitivo de los principios conquistados, como en el terreno social, gracias a la maravillosa sabiduría de las leyes y a la alta moralidad de las costumbres, había perdido hasta la noción de lo que era la vigilancia y cautela, y a pesar de su aprendizaje de sangre, tan largo, no sospechaba los terribles acontecimientos que estaban a punto de producirse.

La ignorancia del inmenso complot que se fraguaba en todas partes se explica, por lo demás, perfectamente, por varias razones: en primer lugar, el lenguaje hablado por los animales, lenguaje primitivo, pero pintoresco y bello, era conocido de muy pocos hombres, y esto se comprende; los seres vivientes estaban divididos entonces en dos únicas porciones: los hombres, la clase superior, la élite, como si dijéramos del planeta, iguales todos en derechos y casi, casi en inte-

---

[15] Las vibraciones del cerebro, al pensar se comunicaban directamente a un registrador especial, que a su vez las transmitía a su destino. Hoy se ha reformado por completo este aparato.

lectualidad, y los animales, humanidad inferior que iba progresando muy lentamente a través de los milenarios, pero que se encontraba en aquel entonces, por lo que ve a los mamíferos, sobre todo, en ciertas condiciones de perfectibilidad relativa muy apreciables. Ahora bien; la élite, el hombre, hubiera juzgado indecoroso para su dignidad aprender cualquiera de los dialectos animales llamados inferiores.

En segundo lugar, la separación entre ambas porciones de la humanidad era completa, pues aun cuando cada familia de hombres alojaba en su habitación propia a dos o tres animales que ejecutaban todos los servicios, hasta los más pesados, como los de la cocina (preparación química de pastillas y de jugos para inyecciones), el aseo de la casa, el cultivo de la tierra, etc., no era común tratar con ellos sino para darles órdenes en el idioma patricio, o sea el del hombre, que todos ellos aprendían.

En tercer lugar, la dulzura del yugo a que se les tenía sujetos, la holgura relativa de sus recreos, les daba tiempo de conspirar tranquilamente, sobre todo en sus centros de reunión, los días de descanso, centros a los que era raro que concurriese hombre alguno.

III

¿Cuáles fueron las causas determinantes de esta cuarta revolución, la última (así lo espero) de las que han ensangrentado el planeta? En tesis general, las mismas que ocasionaron la Revolución social, las mismas que han ocasionado, puede decirse, todas las revoluciones: viejas hambres, viejos odios hereditarios, la tendencia a igualdad de prerrogativas y de derechos y la aspiración a lo mejor, latente en el alma de todos los seres…

Los animales no podían quejarse, por cierto; el hombre era para ellos paternal, mucho más paternal de lo que lo fueron para el proletario los grandes señores después de la Revolución francesa. Obligábalos a desempeñar tareas relativamente rudas, es cierto; porque él, por lo excelente de su naturaleza, se dedicaba de preferencia a la contemplación; mas un intercambio noble, y aun magnánimo, recompensaba estos trabajos con relativas comodidades y placeres. Empero, por una parte el odio atávico de que hablamos, acumulado en tantos siglos de malos tratamientos, y por otra el anhelo, quizá justo ya, de reposo y de mando, determinaban aquella lucha que iba a hacer época en los anales del mundo.

Para que los que oyen esta historia puedan darse una cuenta más exacta y más gráfica, si vale la palabra, de los hechos que precedieron a la revolución, a la rebelión debiéramos decir, de los animales contra el hombre, vamos a hacerles asistir a una de tantas asambleas secretas que se convocaban para definir el programa de la tremenda pugna, asamblea efectuada en México, uno de los grandes focos directores, y que, cumpliendo la profecía de un viejo sabio del siglo XIX, llamado Eliseo Reclus, se había convertido, por su posición geográfica en la medianía de América y entre los dos grandes océanos, en el centro del mundo.

Había en la falda del Ajusco, adonde llegaban los últimos barrios de la ciudad, un gimnasio para mamíferos, en el que estos se reunían los días de fiesta y casi pegado al gimnasio un gran salón de conciertos, muy frecuentado por los mismos. En este salón, de condiciones acústicas perfectas y de amplitud considerable, se efectuó el domingo 3 de agosto de 5532 (de la Nueva Era) la asamblea en cuestión.

Presidía Equs Robertis, un caballo muy hermoso, por cierto; y el primer orador designado era un propagandista célebre en aquel entonces, Can Canis, perro de una inteligencia notable, aunque muy exaltado. Debo advertir que en todas partes del mundo repercutiría, como si dijéramos, el discurso en cuestión, merced a emisores especiales que registraban toda vibración y la transmitían solo a aquellos que tenían los receptores correspondientes, utilizando ciertas corrientes magnéticas; aparatos estos ya hoy en desuso por poco prácticos.

Cuando Can Canis se puso en pie para dirigir la palabra al auditorio, oyéronse por todas partes rumores de aprobación.

IV

—Mis queridos hermanos —empezó Can Canis—.

»La hora de nuestra definitiva liberación está próxima. A un signo nuestro, centenares de millares de hermanos se levantarán como una sola masa y caerán sobre los hombres, sobre los tiranos, con la rapidez de una centella. El hombre desaparecerá del haz del planeta y hasta su huella se desvanecerá con él. Entonces seremos nosotros dueños de la tierra, volveremos a serlo, mejor dicho, pues que primero que nadie lo fuimos, en el albor de los milenarios, antes de que el antropoide apareciese en las florestas vírgenes y de que su aullido de terror repercutiese en las cavernas ancestrales. ¡Ah!, todos llevamos en los glóbulos de nuestra sangre el recuerdo orgánico, si la frase se me permite, de aquellos tiempos benditos en que fuimos los reyes del mundo. Entonces, el sol enmarañado aún de llamas a la simple vista, enorme y tórrido, calentaba la tierra con amor en toda su superficie, y de los bosques, de los mares, de los barrancos, de los collados, se exhalaba un vaho espeso y tibio que convidaba a la pereza y a la beatitud. El Mar divino fraguaba y desbarataba aún sus archipiélagos inconsistentes, tejidos de algas y de madréporas; la cordillera lejana humeaba por las mil bocas de sus volcanes, y en las noches una zona ardiente, de un rojo vivo, le prestaba una gloria extraña y temerosa. La luna, todavía joven y lozana, estremecida por el continuo bombardeo de sus cráteres, aparecía enorme y roja en el espacio, y a su luz misteriosa surgía formidable de su caverna el león saepelius; el uro erguía su testa poderosa entre las breñas, y el mastodonte contemplaba el perfil de las montañas, que, según la expresión de un poeta árabe, le fingían la silueta de un abuelo gigantesco. Los saurios volantes de las primeras épocas, los iguanodontes de breves cabezas y cuerpos colosales, los megateriums torpes y lentos, no sentían turbado su reposo más que por el rumor sonoro del mar genésico, que fraguaba en sus entrañas el porvenir del mundo.

»¡Cuán felices fueron nuestros padres en el nido caliente y piadoso de la tierra de entonces, envuelta en la suave cabellera de esmeralda de sus vegetaciones inmensas, como una virgen que sale del baño…! ¡Cuán felices…! A sus rugidos, a sus gritos inarticulados, respondían solo los ecos de las montañas… Pero un día vieron aparecer con curiosidad, entre las mil variedades de cuadrúmanos que poblaban los bosques y los llenaban con sus chillidos desapacibles, una especie de monos rubios que, más frecuentemente que los otros, se enderezaban y mantenían en posición vertical, cuyo vello era menos áspero, cuyas mandíbulas eran menos toscas, cuyos movimientos eran más suaves, más cadenciosos, más ondulantes, y en cuyos ojos grandes y rizados ardía una chispa extraña y enigmática que nuestros padres no habían visto en otros ojos en la tierra. Aquellos monos eran débiles y miserables… ¡Cuán fácil hubiera sido para nuestros abuelos gigantescos exterminarlos para siempre…! Y de hecho, ¡cuántas veces cuando la horda dormía en medio de la noche, protegida por el claror parpadeante de sus hogueras, una manada de mastodontes, espantada por algún cataclismo, rompía la débil valla de lumbre y pasaba de largo triturando huesos y aplastando vidas; o bien una turba de felinos que acechaba la extinción de las hogueras, una vez que su fuego custodio desaparecía, entraba al campamento y se ofrecía un festín de suculencia memorable...! A pesar de tales catástrofes, aquellos cuadrúmanos, aquellas bestezuelas frágiles, de ojos misteriosos, que sabían encender el fuego, se multiplicaban; y un día, día nefasto para nosotros, a un macho de la horda se le ocurrió, para defenderse, echar mano de una rama de árbol, como hacían los gorilas, y aguzarla con una piedra, como los gorilas nunca soñaron hacerlo. Desde aquel día nuestro destino quedó fijado en la existencia: el hombre había inventado la máquina, y aquella estaca puntiaguda fue su cetro, el cetro de rey que le daba la naturaleza... ¿A qué recordar nuestros largos milenarios de esclavitud, de dolor y de muerte...? El hombre, no contento con destinarnos a las más rudas faenas, recompensadas con malos tratamientos, hacía de muchos de nosotros su manjar habitual, nos condenaba a la vivisección y a martirios análogos, y las hecatombes seguían a las hecatombes sin una protesta, sin un movimiento de piedad... La Naturaleza, empero, nos reservaba para más altos destinos que el de ser comidos a perpetuidad por nuestros tiranos. El progreso, que es la condición de todo lo que alienta, no nos exceptuaba de su ley; y a través de los siglos, algo divino que había en nuestros espíritus rudimentarios, un germen luminoso de intelectualidad, de humanidad futura, que a veces fulguraba dulcemente en los ojos de mi abuelo el perro, a quien un sabio llamaba en el siglo XVIII (post J.C.) un candidato a la humanidad; en las pupilas del caballo, del elefante o del mono, se iba desarrollando en los senos más íntimos de nuestro ser, hasta que, pasados siglos y siglos floreció en indecibles manifestaciones de vida cerebral... El idioma surgió monosilábico, rudo, tímido, imperfecto, de nuestros labios; el pensamiento se abrió como una celeste flor en nuestras cabezas, y un día pudo decirse que había ya nuevos dioses sobre la tierra; por segunda vez en el curso de los tiempos el Creador pronunció un *fiat, et homo factus fuit*.[16]

»No vieron Ellos con buenos ojos este paulatino surgimiento de humanidad; mas hubieron de aceptar los hechos consumados, y no pudiendo extinguirla, optaron por utilizarla... Nuestra esclavitud continuó, pues, y ha continuado bajo otra forma; ya no se nos come, se nos trata con aparente dulzura y consideración, se nos abriga, se nos aloja, se nos llama a participar, en una palabra, de todas las ventajas de la vida social; pero el hombre continúa siendo nuestro tutor, nos mide escrupulosamente nuestros derechos... y deja para nosotros la parte más ruda y penosa de todas las labores de la vida. No somos libres, no somos amos, y queremos ser amos y libres... Por eso nos reunimos aquí hace mucho tiempo, por eso pensamos y maquinamos hace muchos siglos nuestra emancipación, y por eso muy pronto la última revolución del planeta, el grito de rebelión de los animales contra el hombre, estallará, llenando de pavor el universo y definiendo la igualdad de todos los mamíferos que pueblan la tierra...

Así habló Can Canis, y este fue, según todas las probabilidades, el último discurso pronunciado antes de la espantosa conflagración que relatamos.

V

El mundo, he dicho, había olvidado ya su historia de dolor y de muerte; sus armamentos se orinecían en los museos, se encontraba en la época luminosa de la serenidad y de la paz; pero aquella guerra que duró diez años, como el sitio

---

[16]   Sea, y el hombre fue hecho.

de Troya, aquella guerra que no había tenido ni semejante ni paralelo por lo espantosa, aquella guerra en la que se emplearon máquinas terribles, comparadas con las cuales los proyectiles eléctricos, las granadas henchidas de gases, los espantosos efectos del *radium* utilizado de mil maneras para dar muerte, las corrientes formidables de aire, los dardos inyectores de microbios, los choques telepáticos…, todos los factores de combate, en fin, de que la humanidad se servía en los antiguos tiempos, eran risibles juegos de niños; aquella guerra, decimos, constituyó un inopinado, nuevo, inenarrable aprendizaje de sangre…

Los hombres, a pesar de su astucia, fuimos sorprendidos en todos los ámbitos del orbe, y el movimiento de los agresores tuvo un carácter tan unánime, tan certero, tan hábil, tan formidable, que no hubo en ningún espíritu siquiera la posibilidad de prevenirlo…

Los animales manejaban las máquinas de todos géneros que proveían a las necesidades de los elegidos; la química era para ellos eminentemente familiar, pues que a diario utilizaban sus secretos; ellos poseían además y vigilaban todos los almacenes de provisiones, ellos dirigían y utilizaban todos los vehículos… Imagínese, por tanto, lo que debió ser aquella pugna, que se libró en la tierra, en el mar y en el aire… La humanidad estuvo a punto de perecer por completo; su fin absoluto llegó a creerse seguro (seguro lo creemos aún)… y a la hora en que yo, uno de los pocos hombres que quedan en el mundo, pienso ante el fonotelerradiógrafo estas líneas, que no sé si concluiré, este relato incoherente que quizá mañana constituirá un utilísimo pedazo de historia… para los humanizados del porvenir, apenas si moramos sobre el haz del planeta unos centenares de sobrevivientes, esclavos de nuestro destino, desposeídos ya de todo lo que fue nuestro prestigio, nuestra fuerza y nuestra gloria, incapaces por nuestro escaso número y a pesar del incalculable poder de nuestro espíritu, de reconquistar el cetro perdido, y llenos del secreto instinto que confirma asaz la conducta cautelosa y enigmática de nuestros vencedores, de que estamos llamados a morir todos, hasta el último, de un modo misterioso, pues que ellos temen que un arbitrio propio de nuestros soberanos recursos mentales nos lleve otra vez, a pesar de nuestro escaso número, al trono de donde hemos sido despeñados... Estaba escrito así...

Los autóctonos de Europa desaparecieron ante el vigor latino; desapareció el vigor latino ante el vigor sajón, que se enseñoreó del mundo... y el vigor sajón desapareció ante la invasión eslava; esta, ante la invasión amarilla, que a su vez fue arrollada por la invasión negra, y así, de raza en raza, de hegemonía en hegemonía, de preeminencia en preeminencia, de dominación en dominación, el hombre llegó perfecto y augusto a los límites de la historia...

Su misión se cifraba en desaparecer, puesto que ya no era susceptible, por lo absoluto de su perfección, de perfeccionarse más... ¿Quién podía sustituirlos en el imperio del mundo? ¿Qué raza nueva y vigorosa podía reemplazarle en él? Los primeros animales humanizados, a los cuales tocaba su turno en el escenario de los tiempos... Vengan, pues, enhorabuena; a nosotros, llegados a la divina serenidad de los espíritus completos y definitivos, no nos queda más que morir dulcemente. Humanos son ellos y piadosos serán para matarnos. Después, a su vez, perfeccionados y serenos, morirán para dejar su puesto a nuevas razas que hoy fermentan en el seno oscuro aún de la animalidad inferior, en el misterio de un génesis activo e impenetrable...

¡Todo ello hasta que la vieja llama del sol se extinga suavemente, hasta que su enorme globo, ya oscuro, girando alrededor de una estrella de la constelación de Hércules, sea fecundado por vez primera en el espacio, y de su seno inmenso surjan nuevas humanidades... para que todo recomience!

EL CRIMEN DEL OTRO

Horacio Quiroga

Las aventuras que voy a contar datan de cinco años atrás. Yo salía entonces de la adolescencia. Sin ser lo que se llama un nervioso, poseía en el más alto grado la facultad de gesticular, arrastrándome a veces a extremos de tal modo absurdos que llegué a inspirar, mientras hablaba, verdaderos sobresaltos. Este desequilibrio entre mis ideas —las más naturales posibles— y mis gestos —los más alocados posibles—, divertían a mis amigos, pero solo a aquellos que estaban en el secreto de esas locuras sin igual. Hasta aquí mis nerviosismos y no siempre. Luego entra en acción mi amigo Fortunato, sobre quien versa todo lo que voy a contar.

Poe era en aquella época el único autor que yo leía. Ese maldito loco había llegado a dominarme por completo; no había sobre la mesa un solo libro que no fuera de él. Toda mi cabeza estaba llena de Poe, como si la hubieran vaciado en el molde de *Ligeia*.

¡*Ligeia*! ¡Qué adoración tenía por este cuento! Todos e intensamente: Valdemar, que murió siete meses después; Dupin, en procura de la carta robada; las Sras. de Espanaye, desesperadas en su cuarto piso; Berenice, muerta a traición, todos, todos me eran familiares. Pero entre todos, *El barril de amontillado* me había seducido como una cosa íntima mía: Montresor, *El carnaval*, Fortunato, me eran tan comunes que leía ese cuento sin nombrar ya a los personajes; y al mismo tiempo envidiaba tanto a Poe que me hubiera dejado cortar con gusto la mano derecha por escribir esa maravillosa intriga.

Sentado en casa, en un rincón, pasé más de cuatro horas leyendo ese cuento con una fruición en que entraba sin duda mucho de adverso para Fortunato. Dominaba todo el cuento, pero todo, todo, todo. Ni una sonrisa por ahí, ni una premura en Fortunato se escapaba a mi perspicacia. ¿Qué no sabía ya de Fortunato y su deplorable actitud?

A fines de diciembre leí a Fortunato algunos cuentos de Poe. Me escuchó amistosamente, con atención sin duda, pero a una legua de mi ardor. De aquí que al cansancio que yo experimenté al final, no pudo comparársele el de Fortunato, privado durante tres horas del entusiasmo que me sostenía.

Esta circunstancia de que mi amigo llevara el mismo nombre que el del héroe de *El barril de amontillado* me desilusionó al principio, por la vulgarización de un nombre puramente literario; pero muy pronto me acostumbré a nombrarle así, y aun me extralimitaba a veces llamándole por cualquier insignificancia; tan explícito me parecía el nombre. Si no sabía el «barril» de memoria, no era ciertamente porque no lo hubiera oído hasta cansarme. A veces en el calor del delirio le llamaba a él mismo Montresor, Fortunato, Luchesi, cualquier nombre de ese cuento; y esto producía una indescriptible confusión de la que no llegaba a coger el hilo en largo rato.

Difícilmente me acuerdo del día en que Fortunato me dio pruebas de un fuerte entusiasmo literario. Creo que a Poe puédese sensatamente atribuir ese insólito afán, cuyas consecuencias fueron exaltar a tal grado el ánimo de mi amigo que mis predilecciones eran un frío desdén al lado de su fanatismo. ¿Cómo la literatura de Poe llegó a hacerse sensible en la ruda capacidad de Fortunato? Recordando, estoy dispuesto a creer que la resistencia de su sensibilidad, lucha diaria en que todo su organismo inconscientemente entraba en juego, fue motivo de sobra para ese desequilibrio, sobre todo en un ser tan profundamente inestable como Fortunato.

En una hermosa noche de verano se abrió a mi alma en esta nueva faz. Estábamos en la azotea, sentados en sendos sillones de tela. La noche cálida y enervante favorecía nuestros proyectos de errabunda meditación. El aire estaba débilmente oloroso por el gas de la usina próxima. Debajo nuestro clareaba la luz tranquila de las lámparas tras los balcones abiertos. Hacia el este, en la bahía, los farolillos coloridos de los buques cargaban de cambiantes el agua muerta como un vasto terciopelo, fósforos luminosos que las olas mansas sostenían temblando, fijos y paralelos a lo lejos, rotos bajo los muelles. El mar, de azul profundo, susurraba en la orilla. Con las cabezas echadas atrás, las frentes sin una preocupación, soñábamos bajo el gran cielo lleno de estrellas, cruzado solamente de lado a lado —en aquellas noches de evolución naval— por el brusco golpe de luz de un crucero en vigilancia.

—¡Qué hermosa noche! —murmuró Fortunato—. Se siente uno más irreal, leve y vagante como una boca de niño que aún no ha aprendido a besar…

Gustó la frase, cerrando los ojos.

—El aspecto especial de esta noche —prosiguió— tan quieta, me trae a la memoria la hora en que Poe llevó al altar y dio su mano a lady Rowena Tremanión, la de ojos azules y cabellos de oro. Tremanión de Tremaine. Igual fosforescencia en el cielo, igual olor a gas…

Meditó un momento. Volvió la cabeza hacia mí, sin mirarme:

—¿Se ha fijado en que Poe se sirve de la palabra locura, ahí donde su vuelo es más grande? En *Ligeia* está doce veces.

No recordaba haberla visto tanto, y se lo hice notar.

—¡Bah! No es cuestión de que la ponga tantas veces, sino de que en ciertas ocasiones, cuando va a subir muy alto, la frase ha hecho ya notar esa disculpa de locura que traerá consigo el vuelo de poesía.

Como no comprendía claramente, me puse de pie, encogiéndome de hombros. Comencé a pasearme con las manos en los bolsillos. No era la única vez que me hablaba así. Ya dos días antes había pretendido arrastrarme a una interpretación tan novedosa de *El Cameleopardo* que hube de mirarle con atención, asustado de su carrera vertiginosa. Seguramente había llegado a sentir hondamente; ¡pero a costa de qué peligros!

Al lado de ese franco entusiasmo, yo me sentía viejo, escudriñador y malicioso. Era en él un desborde de gestos y ademanes, una cabeza lírica que no sabía ya cómo oprimir con la mano la frente que volaba. Hacía frases. Creo que nuestro caso se podía resumir en la siguiente situación: en un cuarto donde estuviéramos con Poe y sus personajes, yo hablaría con este, de estos, y en el fondo Fortunato y los héroes de las Historias extraordinarias charlarían entusiasmados de Poe. Cuando lo comprendí recobré la calma, mientras Fortunato proseguía su vagabundaje lírico sin ton ni son:

—Algunos triunfos de Poe consisten en despertar en nosotros viejas preocupaciones musculares, dar un carácter de excesiva importancia al movimiento, tomar al vuelo un ademán cualquiera y desordenarlo insistentemente hasta que la constancia concluya por darle una vida bizarra.

—Perdón —le interrumpí—. Niego por lo pronto que el triunfo de Poe consista en eso. Después, supongo que el movimiento en sí debe ser la locura de la intención de moverse...

Esperé lleno de curiosidad su respuesta, atisbándole con el rabo del ojo.

—No sé —me dijo de pronto con la voz velada como si el suave rocío que empezaba a caer hubiera llegado a su garganta—. Un perro que yo tengo sigue y ladra cuadras enteras a los carruajes. Como todos. Les inquieta el movimiento. Les sorprende también que los carruajes sigan por su propia cuenta a los caballos. Estoy seguro de que si no obran y hablan racionalmente como nosotros, ello obedece a una falla de la voluntad. Sienten, piensan, pero no pueden querer. Estoy seguro.

¿Adónde iba a llegar aquel muchacho, tan manso un mes atrás? Su frente estrecha y blanca se dirigía al cielo. Hablaba con tristeza, tan puro de imaginación que sentí una tibia fiebre de azuzarle. Suspiré hondamente:

—¡Oh, Fortunato! —Y abrí los brazos al mar como una griega antigua.

Permanecí así diez segundos, seguro de que iba a provocarle una repetición infinita del mismo tema. En efecto, habló, habló con el corazón en la boca, habló todo lo que despertaba en aquella encrespada cabeza. Antes le dije algo sobre la locura en términos generales. Creo sobre la facultad de escapar milagrosamente al movimiento durante el sueño.

—El sueño —siguió— o, más bien dicho, el sueño dentro de un sueño, es un estado de absoluta locura. Nada de conciencia, esto es, la facultad de presentarse a sí mismo lo contrario de lo que se está pensando y admitirle como posible. La tensión nerviosa que rompe las pesadillas tendría el mismo objeto que la ducha en los locos: el chorro de agua provoca esa tensión nerviosa que llevará al equilibrio, mientras en el ensueño esa misma tensión quiebra, por decirlo así, el eje de la locura. En el fondo el caso es el mismo: prescindencia absoluta de oposición. La oposición es el otro lado de las cosas. De las dos conciencias que tienen las cosas, el loco o el soñador solo ve una: la afirmativa o la negativa. Los cuerdos se acogen primero a la probabilidad, que es la conciencia loca de las cosas. Por otra parte, los sueños de los locos son perfectamente posibles. Y esta misma posibilidad es una locura, por dar carácter de realidad a esa inconsciencia: no la niega, la cree posible.

»Hay casos sumamente curiosos. Sé de un juicio donde el reo tenía en la parte contraria la acusación de un testigo del hecho. Le preguntaban:

»«¿Usted vio tal cosa?».

»El testigo respondía:

»«Sí».

»Ahora bien, la defensa alegaba que siendo el lenguaje una convención, era solamente posible que en el testigo la palabra sí expresara afirmación. Proponía al jurado examinar la curiosa adaptación de las preguntas al monosílabo del testigo. En pos de estas, hubiera sido imposible que el testigo dijera: no (entonces no sería afirmación, que era lo único de que se trataba, etc., etc.).

¡Valiente Fortunato! Habló todo esto sin respirar, firme con su palabra, los ojos seguros en que ardían como vírgenes todas estas castas locuras. Con las manos en los bolsillos, recostado en la balaustrada, le veía discurrir. Miraba con profunda atención, eso sí, un ligero vértigo de cuando en cuando. Y aún creo que esta atención era más bien una preocupación mía.

De repente levantamos la cabeza; el foco de un crucero azotó el cielo, barrió el mar, la bahía se puso clara con una lívida luz de tormenta, sacudió el horizonte de nuevo, y puso en manifiesto a lo lejos, sobre el agua ardiente de estaño, la fila inmóvil de acorazados.

Distraído, Fortunato permaneció un momento sin hablar. Pero la locura, cuando se le estrujan los dedos, hace piruetas increíbles que dan vértigos, y es fuerte como el amor y la muerte. Continuó:

—La locura tiene también sus mentiras convencionales y su pudor. No negará usted que el empeño de los locos en probar su razón sea una de aquellas. Un escritor dice que tan ardua cosa es la razón que aun para negarla es menester razonar. Aunque no recuerdo bien la frase, algo de ello es. Pero la conciencia de una meditación razonable solo es posible recordando que esta podría no ser así. Habría comparación, lo que no es posible tratándose de una solución, uno de cuyos términos causales es reconocidamente loco. Sería tal vez un proceso de idea absoluta. Pero bueno es recordar que los locos jamás tienen problemas o hallazgos: tienen ideas.

Continuó con aquella su sabiduría de maestro y de recuerdos despertados a sazón:

—En cuanto al pudor, es innegable. Yo conocí un muchacho loco, hijo de un capitán, cuya sinrazón había dado en manifestarse como ciencia química. Contábanme sus parientes que aquel leía de un modo asombroso, escribía páginas inacabables, daba a entender, por monosílabos y confidencias vagas, que había hallado la ineficacia cabal de la teoría atómica (creo se refería en especial a los óxidos de manganeso. Lo raro es que después se habló seriamente de esas inconsecuencias del oxígeno). El tal loco era perfectamente cuerdo en lo demás, cerrándose a las requisitorias enemigas por medio de silbidos, pst y levantamientos del bigote. Gozaba del triste privilegio de creer que cuantos con él hablaban querían robarle su secreto. De aquí los prudentes silbidos que no afirmaban ni negaban nada.

»Ahora bien, yo fui llamado una tarde para ver lo que de sólido había en esa desvariada razón. Confieso que no pude orientarme un momento a través de su mirada de perfecto cuerdo, cuya única locura consistía entonces en silbar y extender suavemente el bigote, pobre cosa. Le hablé de todo, demostré una ignorancia crasa para despertar su orgullo, llegué hasta exponerle teoría tan extravagante y absurda que dudé si esa locura a alta presión sería capaz de ser comprendida por un simple loco. Nada hallé. Respondía apenas:

»«Es verdad... son cosas... pst... ideas... pst... pst...».

»Y aquí estaban otra vez las ideas en toda su fuerza.

»Desalentado, lo dejé. Era imposible obtener nada de aquel fino diplomático. Pero un día volví con nuevas fuerzas, dispuesto a dar a toda costa con el secreto de mi hombre. Le hablé de todo otra vez; no obtenía nada. Al fin, al borde del cansancio, me di cuenta de pronto de que durante esa y la anterior conferencia yo había estado muy acalorado con mi propio esfuerzo de investigación y hablé en demasía; había sido observado por el loco. Me calmé entonces y dejé de charlar. La cuestión cesó y le ofrecí un cigarro. Al mirarme inclinándose para tomarle, me alisé los bigotes lo más suavemente que me fue posible. Dirigióme una mirada de soslayo y movió la cabeza sonriendo. Aparté la vista, mas atento a sus menores movimientos. Al rato no pudo menos que mirarme de nuevo, y yo a mi vez me sonreí sin dejar el bigote. El loco se serenó por fin y habló todo lo que deseaba saber.

»Yo había estado dispuesto a llegar hasta el silbido; pero con el bigote bastó.

La noche continuaba en paz. Los ruidos se perdían en aislados estremecimientos, el rodar lejano de un carruaje, los cuartos de hora de una iglesia, un ¡ohé! en el puerto. En el cielo puro las constelaciones ascendían; sentíamos un poco de frío. Como Fortunato parecía dispuesto a no hablar más, me subí el cuello del saco, froté rápidamente las manos, y dejé caer como una bala perdida:

—Era perfectamente loco.

Al otro lado de la calle, en la azotea, un gato negro caminaba tranquilamente por el pretil. Debajo nuestro dos personas pasaron. El ruido claro sobre el adoquín me indicó que cambiaban de vereda; se alejaron hablando en voz baja. Me había sido necesario todo este tiempo para arrancar de mi cabeza un sinnúmero de ideas que al más insignificante movimiento se hubieran desordenado por completo. La vista fija se me iba. Fortunato decrecía, decrecía, hasta convertirse en un ratón que yo miraba. El silbido desesperado de un tren expreso correspondió exactamente a ese monstruoso ratón. Rodaba por mi cabeza una enorme distancia de tiempo y un pesadísimo y vertiginoso girar de mundos. Tres llamas cruzaron por mis ojos, seguidas de tres dolorosas puntadas de cabeza. Al fin logré sacudir eso y me volví:

—¿Vamos?

—Vamos. Me pareció que tenía un poco de frío.

Estoy seguro de que lo dijo sin intención; pero esta misma falta de intención me hizo temer no sé qué horrible extravío.

Esa noche, solo ya y calmado, pensé detenidamente. Fortunato me había transformado, esto era verdad. ¿Pero me condujo él al vértigo en que me había enmarañado, dejando en las espinas, a guisa de cándidos vellones de lana, cuatro o cinco ademanes rápidos que enseguida oculté? No lo creo. Fortunato había cambiado, su cerebro marchaba aprisa. Pero de esto al reconocimiento de mi superioridad había una legua de distancia. Este era el punto capital: yo podía hacer mil locuras, dejarme arrebatar por una endemoniada lógica de gestos repetidos; dar en el blanco de una ocurrencia del momento y retorcerla hasta crear una verdad extraña; dejar de lado la mínima intención de cualquier movimiento vago y acogerse a la que podría haberle dado un loco excesivamente detallista; todo esto y mucho más podía yo hacer. Pero en estos desenvolvimientos de una excesiva posesión de sí, virutas de torno que no impedían un centraje absoluto, Fortunato solo podía ver trastornos de sugestión motivados por tal o cual ambiente propicio, de que él se creía sutil entrenador.

Pocos días más tarde me convencí de ello. Paseábamos. Desde las cinco habíamos recorrido un largo trayecto: los muelles de Florida, las revueltas de los pasadizos, los puentes carboneros, la Universidad, el rompeolas que había de guardar las aguas tranquilas del puerto en construcción, cuya tarjeta de acceso nos fue acordada gracias al recrudecimiento de amistad que en esos días tuvimos con un amigo nuestro —ahora de luto— estudiante de ingeniería. Fortunato gozaba esa tarde de una estabilidad perfecta, con todas sus nuevas locuras, eso sí, pero tan en equilibrio como las del loco de un manicomio cualquiera. Hablábamos de todo, los pañuelos en las manos, húmedos de sudor. El mar subía al horizonte, anaranjado en toda su extensión; dos o tres nubes de amianto erraban por el cielo purísimo; hacia el cerro de negro verdoso, el sol que acababa de trasponerlo circundábalo de una aureola dorada.

Tres muchachos cazadores de cangrejos pasaron a lo largo del muro. Discutieron un rato. Dos continuaron la marcha saltando sobre las rocas con el pantalón a la rodilla; el otro se quedó tirando piedras al mar. Después de cierto tiempo exclamé, como en conclusión de algún juicio interno provocado por la tal caza:

—Por ejemplo, bien pudiera ser que los cangrejos caminaran hacia atrás para acortar las distancias. Indudablemente el trayecto es más corto.

No tenía deseos de descarrilarle. Dije eso por costumbre de dar vuelta a las cosas. Y Fortunato cometió el lamentable error de tomar como locura mía lo que era entonces locura completamente del animal, y se dejó ir a corolarios por demás sutiles y vanidosos.

Una semana después Fortunato cayó. La llama que temblaba sobre él se extinguió, y de su aprendizaje inaudito, de aquel lindo cerebro desvariado que daba frutos amargos y jugosos como las plantas de un año, no quedó sino una cabeza distendida y hueca, agotada en quince días, tal como una muchacha que tocó demasiado pronto las raíces de la voluptuosidad. Hablaba aún, pero disparataba. Si tomaba a veces un hilo conductor, la misma inconsciente crispación de ahogado con que se sujetaba a él, le rompía. En vano traté de encauzarle, haciéndole notar de pronto con el dedo extendido y suspenso para lavar ese imperdonable olvido, el canto de un papel, una mancha diminuta del suelo. Él, que antes hubiera reído francamente conmigo, sintiendo la absoluta importancia de esas cosas así vanidosamente aisladas, se ensañaba ahora de tal modo con ellas que les quitaba su carácter de belleza únicamente momentánea y para nosotros.

Puesto así fuera de carrera, el desequilibrio se acentuó en los días siguientes. Hice un último esfuerzo para contener esa decadencia volviendo a Poe, causa de sus exageraciones. Pasaron los cuentos, *Ligeia*, *El doble crimen*, *El gato negro*. Yo leía, él escuchaba. De vez en cuando le dirigía rápidas miradas; me devoraba constantemente con los ojos, en el más santo entusiasmo.

No sintió absolutamente nada, estoy seguro. Repetía la lección demasiado sabida, y pensé en aquella manera de enseñar a bailar a los osos, de que hablan los titiriteros avezados; Fortunato ajustaba perfectamente en el marco del organillo. Deseando tocarle con fuego, le pregunté, distraído y jugando con el libro en el aire:

—¿Qué efecto cree usted que le causaría a un loco la lectura de Poe?

Locamente temió una estratagema por el jugueteo con el libro, en que estaba puesta toda su penetración.

—No sé. Y repitió: no sé, no sé, no sé —bastante acalorado.

—Sin embargo, tiene que gustarles. ¿No pasa eso con toda narración dramática o de simple idea, ellos que demuestran tanta afición a las especulaciones? Probablemente viéndose instigados en cualquier corazón delator se desencadenarán por completo.

—¡Oh! no —suspiró—. Lo probable es que todos creyeran ser autores de tales páginas. O simplemente, tendrían miedo de quedarse locos. —Y se llevó la mano a la frente, con alma de héroe.

Suspendí mis juegos malabares. Con el rabo del ojo me enviaba una miradilla vanidosa. Pretendía afrontarlo y me desvié. Sentí una sensación de frío adelgazamiento en los tobillos y el cuello; me pareció que la corbata, floja, se me desprendía.

—¡Pero está loco! —le grité levantándome con los brazos abiertos—. ¡Está loco! —grité más.

Hubiera gritado mucho más, pero me equivoqué y saqué toda la lengua de costado. Ante mi actitud, se levantó evitando apenas un salto, me miró de costado, acercose a la mesa, me miró de nuevo, movió dos o tres libros, y fue a fijar cara y manos contra los vidrios, tocando el tambor. Entretanto yo estaba ya tranquilo y le pregunté algo. En vez de responderme francamente, dio vuelta un poco la cabeza y me miró a hurtadillas, si bien con miedo, envalentonado por el anterior triunfo. Pero se equivocó. Ya no era tiempo, debía haberlo conocido. Su cabeza, en pos de un momento de loca inteligencia dominadora, se había quebrado de nuevo.

Un mes siguió. Fortunato marchaba rápidamente a la locura, sin el consuelo de que esta fuera uno de esos anonadamientos espirituales en que la facultad de hablar se convierte en una sencilla persecución animal de las palabras. Su locura iba derecha a un idiotismo craso, imbecilidad de negro que pasea todas las mañanas por los patios del manicomio su cara pintada de blanco. A ratos atareábame en apresurar la crisis, descargándome del pecho, a grandes maneras, dolores intolerables; sentándome en una silla en el extremo opuesto del cuarto, dejaba caer sobre nosotros toda una larga tarde, seguro de que el crepúsculo iba a concluir por no verme. Tenía avances. A veces gozaba haciéndose el muerto, riéndose de ello hasta llorar. Dos o tres veces se le cayó la baba. Pero en los últimos días de febrero le acometió un irreparable mutismo del que no pude sacarle por más esfuerzos que hice. Me hallé entonces completamente abandonado. Fortunato se iba, y la rabia de quedarme solo me hacía pensar en exceso.

Una noche de estas, le tomé del brazo para caminar. No sé adonde íbamos, pero estaba contentísimo de poder conducirle. Me reía despacio sacudiéndole del brazo. Él me miraba y se reía también, contento. Una vidriera, repleta de caretas por el inminente carnaval, me hizo recordar un baile para los próximos días de alegría, del que la cuñada de Fortunato me había hablado con entusiasmo.

—Y usted, Fortunato, ¿no se disfrazará?

—Sí, sí.

—Entiendo que iremos juntos.

—Divinamente.

—¿Y de qué se disfrazará?

—¿Me disfrazaré?

—Ya sé —agregué bruscamente—: de Fortunato.

—¿Eh? —rompió este, enormemente divertido.

—Sí, de eso.

Y le arranqué de la vidriera. Había hallado una solución a mi inevitable soledad, tan precisa, que mis temores sobre Fortunato se iban al viento como un pañuelo. ¿Me iban a quitar a Fortunato? Está bien. ¿Yo me iba a quedar solo? Está bien. ¿Fortunato no estaba a mi completa disposición? Está bien. Y sacudía en el aire mi cabeza tan feliz. Esta solución podía tener algunos puntos difíciles; pero de ella lo que me seducía era su perfecta adaptación a una famosa intriga italiana, bien conocida mía, por cierto, y sobre todo la gran facilidad para llevarla a término. Seguí a su lado sin incomodarle. Marchaba un poco detrás de él, cuidando de evitar las junturas de las piedras para caminar debidamente; tan bien me sentía.

Una vez en la cama, no me moví, pensando con los ojos abiertos. En efecto, mi idea era esta: hacer con Fortunato lo que Poe hizo con Fortunato. Emborracharle, llevarle a la cueva con cualquier pretexto, reírse como un loco... ¡Qué luminoso momento había tenido! Los disfraces, los mismos nombres. Y el endemoniado gorro de cascabeles... Sobre todo: ¡qué facilidad! Y por último un hallazgo divino: como Fortunato estaba loco, no tenía necesidad de emborracharlo

A las tres de la mañana supuse próxima la hora. Fortunato, completamente entregado a galantes devaneos, paseaba del brazo a una extraviada Ofelia, cuya cola, en sus largos pasos de loca, barría furiosamente el suelo.

Nos detuvimos delante de la pareja.

—¡Y bien, querido amigo! ¿No es usted feliz en esta atmósfera de desbordante alegría?

—Sí, feliz —repitió Fortunato alborozado.

Le puse la mano sobre el corazón:

—¡Feliz como todos nosotros!

El grupo se rompió a fuerza de risas. Mi amplio ademán de teatro las había conquistado. Continué:

—Ofelia ríe, lo que es buena señal. Las flores son un fresco rocío para su frente. —La tomé la mano y agregué: —¿no siente usted en mi mano la Razón Pura? Verá usted, curará, y será otra en su ancho, pesado y melancólico vestido blanco… Y a propósito, querido Fortunato: ¿no le evoca a usted esta galante Ofelia una criatura bien semejante en cierto modo? Fíjese usted en el aire, los cabellos, la misma boca ideal, el mismo absurdo deseo de vivir solo por la vida… perdón —concluí volviéndome—; son cosas que Fortunato conoce bien.

Fortunato me miraba asombrado, arrugando la frente. Me incliné a su oído y le susurré apretándole la mano:

—¡De *Ligeia*, mi adorada *Ligeia*!

—¡Ah, sí, ah sí! —y se fue. Huyó al trote, volviendo la cabeza con inquietud como los perros que oyen ladrar no se sabe dónde.

A las tres y media marchábamos en dirección a casa. Yo llevaba la cabeza clara y las manos frías; Fortunato no caminaba bien. De repente se cayó, y al ayudarle se resistió tendido de espaldas. Estaba pálido, miraba ansiosamente a todos lados. De las comisuras de sus labios pendientes caían fluidas babas. De pronto se echó a reír. Le dejé hacer un rato, esperando fuera una pasajera crisis de que aún podría volver.

Pero había llegado el momento; estaba completamente loco, mudo y sentado ahora, los ojos a todos lados, llorando a la luz de la luna en gruesas, dolorosas e incesantes lágrimas, su asombro de idiota.

Le levanté como pude y seguimos la calle desierta. Caminaba apoyado en mi hombro. Sus pies se habían vuelto hacia adentro.

Estaba desconcertado. ¿Cómo hallar el gusto de los tiernos consejos que pensaba darle a semejanza del otro, mientras le enseñaba con prolija amistad mi sótano, mis paredes, mi humedad y mi libro de Poe, que sería el tonel en cuestión? No habría nada, ni el terror al fin cuando se diera cuenta. Mi esperanza era que reaccionase, siquiera un momento para apreciar debidamente la distancia a que nos íbamos a hallar. Pero seguía lo mismo. En cierta calle una pareja pasó al lado nuestro, ella tan bien vestida que el alma antigua de Fortunato tuvo un tardío estremecimiento y volvió la cabeza. Fue lo último. Por fin llegamos a casa. Abrí la puerta sin ruido, le sostuve heroicamente con un brazo mientras cerraba con el otro, atravesamos los dos patios y bajamos al sótano. Fortunato miró todo atentamente y quiso sacarse el frac, no sé con qué objeto.

En el sótano de casa había un ancho agujero revocado, cuyo destino en otro tiempo ignoro del todo. Medía tres metros de profundidad por dos de diámetro. En días anteriores había amontonado en un rincón gran cantidad de tablas y piedras, apto todo para cerrar herméticamente una abertura.

Allí conduje a Fortunato, y allí traté de descenderle. Pero cuando le cogí de la cintura se desasió violentamente, mirándome con terror. ¡Por fin! Contento, me froté las manos. Toda mi alma estaba otra vez conmigo. Me acerqué sonriendo y le dije al oído, con cuanta suavidad me fue posible:

—¡Es el pozo, mi querido Fortunato!

Me miró con desconfianza, escondiendo las manos.

—Es el pozo... ¡el pozo, querido amigo!

Entonces una luz pálida le iluminó los ojos. Tomó de mi mano la vela, se acercó cautelosamente al hueco, estiró el cuello y trató de ver el fondo. Se volvió, interrogante.

—¿...?

—¡El pozo! —concluí, abriendo los brazos. Su vista siguió mi ademán.

—¡Ah, no!

Me reí entonces, y le expresé claramente bajando las manos:

—¡El pozo!

Era bastante. Esta concreta idea: el pozo, concluyó por entrar en su cerebro completamente aislada y pura. La hizo suya: era el pozo.

Fue feliz del todo. Nada me quedaba casi por hacer. Le ayudé a bajar, y aproximé mi seudocemento. En pos de cada acción acercaba la vela y le miraba.

Fortunato se había acurrucado, completamente satisfecho. Una vez me chistó.

—¿Eh? —me incliné. Levantó el dedo sagaz y lo bajó perpendicularmente. Comprendí y nos reímos con toda el alma.

De pronto me vino un recuerdo y me asomé rápidamente:

—¿Y el nitro? —Callé enseguida. En un momento eché encima las tablas y piedras. Ya estaba cerrado el pozo y Fortunato dentro. Me senté entonces, coloqué la vela al lado y como El Otro, esperé.

—¡Fortunato!

Nada. ¿Sentiría?

Más fuerte:

—¡Fortunato!

Y un grito sordo, pero horrible, subió del fondo del pozo. Di un salto, y comprendí entonces, pero locamente, la precaución de Poe al llevar la espada consigo. Busqué un arma desesperadamente; no había ninguna. Tomé la vela y la estrellé contra el suelo. Otro grito subió, pero más horrible. A mi vez aullé:

—¡Por el amor de Dios!

No hubo ni un eco. Aún subió otro grito y salí corriendo y en la calle corrí dos cuadras. Al fin me detuve, la cabeza zumbando.

¡Ah, cierto! Fortunato estaba metido dentro de su agujero y gritaba. ¿Habría filtraciones? Seguramente en el último momento palpó claramente lo que se estaba haciendo... ¡Qué facilidad para encerrarlo! El pozo... era su pasión. El otro Fortunato había gritado también. Todos gritan, porque se dan cuenta de sobra. Lo curioso es que uno anda más ligero que ellos...

Caminaba con la cabeza alta, dejándome ir a ensueños en que Fortunato lograba salir de su escondrijo y me perseguía con iguales asechanzas... ¡Qué sonrisa más franca la suya!... Presté oído... ¡Bah! Buena había sido la idea de quien hizo el agujero. Y después la vela...

Eran las cuatro. En el centro barrían aún las últimas máquinas.

Sobre las calles claras la luna muerta descendía. De las casas dormidas quién sabe por qué tiempo, de las ventanas cerradas, caía un vasto silencio. Y continué mi marcha gozando las últimas aventuras con una fruición tal que no sería extraño que yo a mi vez estuviera un poco loco.

VIOLA ACHERONTIA

Leopoldo Lugones

Lo que deseaba aquel extraño jardinero, era crear la flor de la muerte. Sus tentativas se remontaban a diez años, con éxito negativo siempre, porque considerando al vegetal sin alma, ateníase exclusivamente a la plástica. Injertos, combinaciones, todo había ensayado.

La producción de la rosa negra ocupole un tiempo; pero nada sacó de sus investigaciones. Después interesáronlo las pasionarias y los tulipanes, con el único resultado de dos o tres ejemplares monstruosos, hasta que Bernardin de Saint-Pierre lo puso en el buen camino, enseñándole cómo puede haber analogías entre la flor y la mujer encinta, supuestas ambas capaces de recibir por «antojo» imágenes de los objetos deseados.

Aceptar este audaz postulado, equivalía a suponer en la planta un estado mental suficientemente elevado para recibir, concretar y conservar una impresión; en una palabra, para sugestionarse con intensidad parecida a la de un organismo inferior. Esto era, precisamente, lo que había llegado a comprobar nuestro jardinero. Según él, la marcha de los vástagos en las enredaderas obedecía a una deliberación seguida por resoluciones que daban origen a una serie de tanteos. De aquí las curvas y acomodamientos, caprichosos al parecer, las diversas orientaciones y adaptaciones a diferentes planos, que ejecutan guías, los gajos, las raíces. Un sencillo sistema nervioso presidía esas oscuras funciones. Había también en cada planta su bulbo cerebral y su corazón rudimentario, situados respectivamente en el cuello de la raíz y en el tronco. La semilla, es decir el ser resumido para la procreación, lo dejaba ver con toda claridad. El embrión de una nuez tiene la misma forma del corazón, siendo asaz parecida al cerebro la de los cotiledones. Las dos hojas rudimentarias que salen de dicho embrión recuerdan con bastante claridad dos ramas bronquiales cuyo oficio desempeñan la germinación.

Las analogías morfológicas suponen casi siempre otras de fondo; y por esto la sugestión ejerce una influencia más vasta de lo que se cree sobre la forma de los seres. Algunos clarividentes de la historia natural, como Michelet y Fries, presintieron esta verdad que la experiencia va confirmando. El mundo de los insectos, pruébalo enteramente. Los pájaros ostentan colores más brillantes en los países cuyo cielo es siempre puro (Gould). Los gatos blancos y de ojos azules, son comúnmente sordos (Darwin). Hay peces que llevan fotografiadas en la gelatina de su dorso las olas del mar (Strindberg). El girasol mira constantemente al astro del día, y reproduce con fidelidad su núcleo, sus rayos y sus manchas (Saint-Pierre).

He aquí un punto de partida. Bacon en su *Novum Organum* establece que el canelero y otros odoríferos colocados cerca de lugares fétidos, retienen obstinadamente el aroma, rehusando su emisión, para impedir que se mezcle con las exhalaciones graves...

Lo que ensayaba el extraordinario jardinero con quien iba a verme era una sugestión sobre las violetas. Habíalas encontrado singularmente nerviosas, lo cual demuestra, agregaba, la afección y el horror siempre exagerados que les profesan las histéricas, y quería llegar a hacerlas emitir un tósigo mortal sin olor alguno; una ponzoña fulminante e imperceptible. Qué se proponía con ello, si no era puramente una extravagancia, permaneció siempre misterioso para mí. Encontré un anciano de porte sencillo, que me recibió con cortesía casi humilde. Estaba enterado de mis pretensiones, por lo cual entablamos acto continuo la conversación sobre el tema que nos acercaba.

Quería sus flores como un padre, manifestando fanática adoración por ellas. La hipótesis y datos consignados más arriba fueron la introducción de nuestro diálogo; y como el hombre hallara en mí un conocedor, se encontró más a sus anchas. Después de haberme expuesto sus teorías con rara precisión, me invitó a conocer sus violetas.

—He procurado —decía mientras íbamos— llevarlas a la producción del veneno que deben exhalar, por una evolución de su propia naturaleza; y aunque el resultado ha sido otro, comporta una verdadera maravilla; sin contar con que no desespero de obtener la exhalación mortífera. Pero ya hemos llegado; véalas usted.

Estaban al extremo del jardín, en una especie de plazoleta rodeada de plantas extrañas. Entre las hojas habituales, sobresalían sus corolas que al pronto tomé por pensamientos, pues eran negras.

—¡Violetas negras! —exclamé.

—Sí, pues; había que empezar por el color, para que la idea fúnebre se grabara mejor en ellas. El negro es, salvo alguna fantasía china, el color natural del luto, puesto que lo es de la noche; vale decir de la tristeza, de la disminución vital y del sueño, hermano de la muerte. Además, estas flores no tienen perfume, conforme a mi propósito, y este es otro resultado producido por un efecto de correlación. El color negro parece ser, en efecto, adverso al perfume; y así tiene usted que, sobre mil ciento noventa y tres especies de flores blancas, hay ciento setenta y cinco perfumadas y doce fétidas; mientras que, sobre dieciocho especies de flores negras, hay diecisiete inodoras y una fétida. Pero esto no es lo interesante del asunto. Lo maravilloso está en otro detalle, que requiere, desgraciadamente, una larga explicación...

—No tema usted —respondí—; mis deseos de aprender son todavía mayores que mi curiosidad.

—Oiga usted, entonces, cómo he procedido.

»Primeramente, debí proporcionar a mis flores un medio favorable para el desarrollo de la idea fúnebre; luego, sugerirles esta idea por medio de una sucesión de fenómenos; después poner su sistema nervioso en estado de recibir la imagen y fijarla; por último, llegar a la producción del veneno, combinando en su ambiente y en su savia diversos tósigos vegetales. La herencia se encargaría del resto.

»Las violetas que usted ve pertenecen a una familia cultivada bajo ese régimen durante diez años.

»Algunos cruzamientos, indispensables para prevenir la degeneración, han debido retardar un tanto el éxito final de mi tentativa. Y digo éxito final, porque conseguir la violeta negra e inodora, es ya un resultado.

»Sin embargo, ello no es difícil; redúcese a una serie de manipulaciones en las que entra por base el carbono con el objeto de obtener una variedad anilina. Suprimo el detalle de las investigaciones a que debí entregarme sobre las toluidinas y los xilenos, cuyas enormes series me llevarían muy lejos, vendiendo por otra parte mi secreto. Puedo darle, no obstante, un indicio: el origen de los colores que llamamos anilinas es una combinación de hidrógeno y carbono; el trabajo químico posterior se reduce a fijar oxígeno y nitrógeno, produciendo los álcalis artificiales cuyo tipo es la anilina, y obteniendo derivados después. Algo semejante he hecho yo. Usted sabe que la clorofila es muy sensible, y a esto se debe más de un resultado sorprendente.

»Exponiendo matas de hiedra a la luz solar, en un sitio donde esta entraba por aberturas romboidales solamente, he llegado a alterar la forma de su hoja, tan persistentemente, sin embargo, que es el tipo geométrico de la curva cisoides; y luego es fácil observar que las hierbas rastreras de un bosque se desarrollan imitando los arabescos de la luz a través del ramaje…

»Llegaremos ahora al procedimiento capital. La sugestión que ensayo sobre mis flores es muy difícil de efectuar, pues las plantas tienen su cerebro debajo de la tierra; son seres inversos. Por esto me he fijado más en la influencia del medio como elemento fundamental. Obteniendo el color negro de las violetas, estaba conseguida la primera nota fúnebre. Planté luego en torno los vegetales que usted ve: estramonio, jazmín y belladona. Mis violetas quedaban, así, sometidas a influencias química y fisiológicamente fúnebres. La solanina es, en efecto, un veneno narcótico; así como la daturina contiene hiosciamina y atropina, dos alcaloides dilatadores de la pupila que producen megalopsia, o sea el agrandamiento de los objetos. Tenía, pues, los elementos del sueño y de la alucinación, es decir dos productores de pesadillas; de modo que, a los efectos específicos del color negro, del sueño y de las alucinaciones, se unía el miedo. Debo añadirle que, para redoblar las impresiones alucinantes, planté además el beleño, cuyo veneno radical es precisamente la hiosciamina.

—¿Y de qué sirve puesto que la flor no tiene ojos? —pregunté.

—Ah señor, no se ve únicamente con los ojos —replicó el anciano—. Los sonámbulos ven con los dedos de la mano y con la planta de los pies. No olvide usted que aquí se trata de una sugestión.

Mis labios rebosaban de objeciones; pero callé, por ver hasta dónde iba a llevarnos el desarrollo de tan singular teoría.

—La solanina y la daturina, —prosiguió mi interlocutor— se aproximan mucho a los venenos cadavéricos, ptomainas y leucomainas, que exhalan los olores de jazmín y de rosa. Si la belladona y el estramonio me dan aquellos cuerpos, el olor está suministrado por el jazminero y por ese rosal cuyo perfume aumento, conforme a una observación de Candolle, sembrando cebollas en sus cercanías. El cultivo de las rosas está ahora muy adelantado, pues los injertos han hecho prodigios; en tiempo de Shakespeare se injertó recién las primeras rosas en Inglaterra…

Aquel recuerdo, que tendía a halagar visiblemente mis inclinaciones literarias, me conmovió.

—Permítame —dije— que admire de paso su memoria verdaderamente juvenil.

—Para extremar aun la influencia de mis flores —continuó él, sonriendo vagamente— he mezclado a los narcóticos plantas cadavéricas. Alunos arum y orchis, una stapelia aquí y allá, pues sus olores y colores recuerdan los de la carne corrompida. Las violetas sobreexcitadas por su excitación amorosa natural, dado que la flor es un órgano de reproducción, aspiran el perfume de los venenos cadavéricos añadido al olor del cadáver mismo; sufren la influencia soporífica de los narcóticos que las predisponen a la hipnosis, y la megalopsia alucinante de los venenos dilatadores de la pupila. La sugestión fúnebre comienza así a efectuarse con toda intensidad; pero todavía aumento la sensibilidad anormal en que la flor se encuentra por la inmediación de estas potencias vegetales, aproximándole de tiempo en tiempo una mata de valeriana y de espuelas de caballero cuyo cianuro la irrita notablemente. El etileno de la rosa colabora también en este sentido.

»Llegamos ahora al punto culminante del experimento, pero antes deseo hacerle esta advertencia: el ¡ay! humano es un grito de la naturaleza.

Al oír este brusco aparte, la locura de mi personaje se me presentó evidente; pero él, sin darme tiempo a pensarlo bien siquiera, prosiguió:

—El ¡ay! es, en efecto, una interjección de todos los tiempos. Pero lo curioso es que entre los animales también sucede también así. Desde el perro, un vertebrado superior, hasta la esfinge calavera, una mariposa, el ¡ay! es una manifestación de dolor y de miedo. Precisamente el extraño insecto que acabo de nombrar y cuyo nombre proviene de que lleva una calavera dibujada en el lomo, recuerda bien la fauna lúgubre en la cual el ¡ay! es común. Fuera inútil recordar a los búhos; pero sí debe mencionarse a ese extraviado de las selvas primitivas, el perezoso, que parece llevar el dolor de su decadencia en el ¡ay! específico al cual debe uno de sus nombres…

»Y bien; exasperado por mis diez años de esfuerzos, decidí realizar ante las flores escenas crueles que las impresionaran más aún, sin éxito también; hasta que un día…

»…Pero aproxímese, juzgue por usted mismo.

Su cara tocaba las negras flores, y casi obligado hice lo propio. Entonces —cosa inaudita— me pareció percibir débiles quejidos. Pronto hube de convencerme. Aquellas flores se quejaban en efecto, y de sus corolas oscuras surgía una pululación de pequeños ayes muy semejantes a los de un niño. La sugestión habíase operado en forma completamente imprevista, y aquellas flores, durante toda su breve existencia, no hacían sino llorar.

Mi estupefacción había llegado al colmo, cuando de repente una idea terrible me asaltó. Recordé que, al decir de las leyendas de hechicería, la mandrágora llora también cuando se la ha regado con la sangre de un niño; y con una sospecha que me hizo palidecer horriblemente, me incorporé.

—Como las mandrágoras —dije.

—Como las mandrágoras —repitió él, palideciendo aún más que yo.

Y nunca hemos vuelto a vernos. Pero mi convicción de ahora es que se trata de un verdadero bandido, de un perfecto hechicero de otros tiempos, con sus venenos y sus flores de crimen.

¿Llegará a producir la violeta mortífera que se propone? ¿Debo entregar su nombre maldito a la publicidad?

LA NOVIA DE CORINTO

Amado Nervo

Había en Grecia, en Corinto, cierta familia compuesta del padre, la madre y una hija de dieciocho años.

La hija murió. Pasaron los meses y habían transcurrido ya seis, cuando un mancebo, amigo de los padres, fue a habitar por breves días la casa de estos.

Diósele una habitación relativamente separada de las otras, y cierta noche llamó con discreción a su puerta una joven de rara belleza.

El mancebo no la conocía; pero, seducido por la hermosura de la doncella, se guardó muy bien de hacerle impertinentes preguntas.

Un amor delicioso nació de aquella primera entrevista, un amor en que el mancebo saboreaba no sé qué sensación extraña, de hondura, de misterio, mezclados con un poco de angustia...

La joven le ofreció la sortija que llevaba en uno de sus marfileños y largos dedos.

Él le correspondió con otra...

Muchas cosas ingenuas y suaves brotaron de los labios de los dos.

En la Amada había un tenue resplandor de melancolía y una como seriedad prematura.

En sus ternuras ponía ella no sé qué de definitivo.

A veces parecía distraída, absorta, y de una frialdad repentina.

En sus facciones, aun con el amor, alternaban serenidades marmóreas.

Pasaron bastante tiempo juntos.

Ella consintió en compartir algunos manjares de que él gustaba.

Por fin se despidió, prometiendo volver la noche siguiente, y fuese con cierto ritmo lento y augusto en el andar…

***

Pero alguien se había percatado, con infinito asombro, de su presencia en la habitación del huésped; este alguien era la nodriza de la joven; nodriza que hacía seis meses había ido a enterrarla en el cercano cementerio.

Conmovida hasta los huesos, echó a correr en busca de los padres y les reveló que su hija había vuelto a la vida.

—¡Yo la he visto! —exclamó.

Los padres de la muerta no quisieron dar crédito a la nodriza; mas, para tranquilizar a la pobre vieja, la madre prometió acompañarla a fin de ver la aparición.

Solo que aún no amanecía. El mancebo, a cuya puerta se asomaron de puntillas, parecía dormir.

Interrogado al día siguiente, confesó que, en efecto, había recibido la visita de una joven, y mostró el anillo que ella le había dado en cambio del suyo.

Este anillo fue reconocido por los padres. Era el mismo que la muerta se había llevado en su dedo glacial. Con él la habían enterrado hacía seis meses.

—Seguramente —dijeron— el cadáver de nuestra hija ha sido despojado por los ladrones.

Mas como ella había prometido volver a la siguiente noche, resolvieron aguardarla y presenciar la escena.

La joven volvió, en efecto… volvió con su extraño ambiente de enigma…

El padre y la madre fueron prevenidos secretamente, y al acudir reconocieron a su hija fenecida.

Ella, no obstante, permanecía fría ante sus caricias.

Más aún, les hizo reproches por haber ido a turbar su idilio.

—Me han sido concedidos —les dijo— tres días solamente para pasarlos con el joven extranjero en esta casa donde nací… Ahora tendré que dirigirme al sitio que me está designado.

Dicho esto, cayó rígida, y su cuerpo quedó allí visible para todos.

Fue abierta la tumba de la doncella, y en medio del mayor desconcierto de los espíritus… se la encontró vacía de cadáver; solo la sortija ofrecida al mancebo reposaba sobre el ataúd.

El cuerpo —dice la historia— fue trasladado como el de un vampiro, y enterrado fuera de los muros de la ciudad con toda clase de ceremonias y sacrificios.

*

Esta narración es muy vieja y ha corrido de boca en boca entre gentes de las cuales ya no queda ni el polvo.

La señora Croide la recogió, como una florecita de misterio, en su libro *The Night Side of Nature*.

Confieso que a mí me deja un perfume de penetrante poesía en el alma.

Vampirismo... ¡no! Suprimamos esta palabra fúnebremente agresiva, e inclinémonos ante el arcano, ante lo incomprensible de una vida de doncella que no se sentía completa más allá de la tumba.

Pensemos con cierta íntima ternura en esa virgen que vino de las riberas astrales a buscar a un hombre elegido y a cambiar con él el anillo de bodas...

LOS BEBEDORES DE SANGRE

Horacio Quiroga

Chiquitos:

¿Han puesto ustedes el oído contra el lomo de un gato cuando ronronea? Háganlo con Tutankamón, el gato del almacenero. Y después de haberlo hecho, tendrán una idea clara del ronquido de un tigre cuando anda al trote por el monte en son de caza.

Este ronquido que no tiene nada de agradable cuando uno está solo en el bosque, me perseguía desde hacía una semana. Comenzaba al caer la noche, y hasta la madrugada el monte entero vibraba de rugidos.

¿De dónde podía haber salido tanto tigre? La selva parecía haber perdido todos sus bichos, como si todos hubieran ido a ahogarse en el río. No había más que tigres; no se oía otra cosa que el ronquido profundo e incansable del tigre hambriento, cuando trota con el hocico a ras de tierra para percibir el tufo de los animales.

Así estábamos hacía una semana, cuando de pronto los tigres desaparecieron. No se oyó un solo bramido más. En cambio, en el monte volvieron a resonar el balido del ciervo, el chillido del agutí, el silbido del tapir, todos los ruidos y aullidos de la selva. ¿Qué había pasado otra vez? Los tigres no desaparecen porque sí, no hay fiera capaz de hacerlos huir.

¡Ah, chiquitos! Esto creía yo. Pero cuando después de un día de marcha llegaba yo a las márgenes del río Iguazú (veinte leguas arriba de las cataratas), me encontré con dos cazadores que me sacaron de mi ignorancia. De cómo y por qué había habido en esos días tanto tigre, no me supieron decir una palabra. Pero en cambio me aseguraron que la causa de su brusca fuga se debía a la aparición de un puma. El tigre, a quien se cree rey incontestable de la selva, tiene terror pánico a un gato cobardón como el puma.

¿Han visto, chiquitos míos, cosa más rara? Cuando le llamo gato al puma, me refiero a su cara de gato, nada más. Pero es un gatazo de un metro de largo, sin contar la cola, y tan fuerte como el tigre mismo.

Pues bien. Esa misma mañana, los dos cazadores habían hallado cuatro cabras, de las doce que tenían, muertas a la entrada del monte. No estaban despedazadas en lo más mínimo. Pero a ninguna de ellas les quedaba una gota de sangre en las venas. En el cuello, por debajo de los pelos manchados, tenían todas cuatro agujeros, y no muy grandes tampoco. Por allí, con los colmillos prendidos a las venas, el puma había vaciado a sus víctimas, sorbiéndoles toda la sangre.

Yo vi las cabras al pasar, y les aseguro, chiquitos, que me encendí también en ira al ver las cuatro pobres cabras sacrificadas por la bestia sedienta de sangre. El puma, del mismo modo que el hurón, deja de lado cualquier manjar por la sangre tibia. En las estancias de Río Negro y Chubut, los pumas causan tremendos estragos en las majadas de ovejas.

Las ovejas, ustedes lo saben ya, son los seres más estúpidos de la creación. Cuando olfatean a un puma, no hacen otra cosa que mirarse unas a otras y comienzan a estornudar. A ninguna se le ocurre huir. Solo saben estornudar, y estornudan hasta que el puma salta sobre ellas. En pocos momentos, van quedando tendidas de costado, vaciadas de toda su sangre.

Una muerte así debe ser atroz, chiquitos, aun para ovejas resfriadas de miedo. Pero en su propia furia sanguinaria, la fiera tiene su castigo. ¿Saben lo que pasa? Que el puma, con el vientre hinchado y tirante de sangre, cae rendido por invencible sueño. Él, que entierra siempre los restos de sus víctimas y huye a esconderse durante el día, no tiene entonces fuerzas para moverse. Cae mareado de sangre en el sitio mismo de la hecatombe. Y los pastores encuentran en la madrugada a la fiera con el hocico rojo de sangre, fulminada de sueño entre sus víctimas.

¡Ah, chiquitos! Nosotros no tuvimos esa suerte. Seguramente cuatro cabras no eran suficientes para saciar la sed de nuestro puma. Había huido después de su hazaña, y forzoso nos era rastrearlo con los perros.

En efecto, apenas habíamos andado una hora cuando los perros erizaron de pronto el lomo, alzaron la nariz a los cuatro vientos y lanzaron un corto aullido de caza; habían rastreado al puma.

Paso por encima, hijos míos, la corrida que dimos tras la fiera. Otra vez les voy a contar con detalles una corrida de caza en el monte. Básteles saber por hoy que a las cinco horas de ladridos, gritos y carreras desesperadas a través del bosque quebrando las enredaderas con la frente, llegamos al pie de un árbol, cuyo tronco los perros asaltaban a brincos, entre desesperados ladridos. Allá arriba del árbol, agazapado como un gato, estaba el puma siguiendo las evoluciones de los perros con tremenda inquietud.

Nuestra cacería, puede decirse, estaba terminada. Mientras los perros «torearan» a la fiera, esta no se movería de su árbol. Así proceden el gato montés y el tigre. Acuérdense, chiquitos, de estas palabras para cuando sean grandes y cacen: tigre que trepa a un árbol es tigre que tiene miedo.

Yo hice correr una bala en la recámara del winchester, para enviarla al puma entre los dos ojos, cuando uno de los cazadores me puso la mano en el hombro diciéndome:

—No le tire, patrón. Ese bicho no vale una bala siquiera. Vamos a darle una soba como no la llevó nunca.

¿Qué les parece, chiquitos? ¿Una soba a una fiera tan grande y fuerte como el tigre? Yo nunca había visto sobar a nadie y quería verlo.

¡Y lo vimos, por Dios bendito! El cazador cortó varias gruesas ramas en trozos de medio metro de largo y, como quien tira piedras con todas sus fuerzas, fue lanzándolos uno tras otro contra el puma. El primer palo pasó zumbando sobre la cabeza del animal, que aplastó las orejas y maulló sordamente. El segundo garrote pasó a la izquierda lejos. El tercero, le rozó la punta de la cola, y el cuarto, zumbando como piedra escapada de una honda, fue a dar contra la cabeza de la fiera, con fuerza tal que el puma se tambaleó sobre la rama y se desplomó al suelo entre los perros.

Y entonces, chiquitos míos, comenzó la soba más portentosa que haya recibido bebedor alguno de sangre. Al sentir las mordeduras de los perros, el puma quiso huir de un brinco. Pero el cazador, rápido como un rayo, lo detuvo de la cola. Y enroscándosela en la mano como una lonja de rebenque comenzó a descargar una lluvia de garrotazos sobre el puma.

¡Pero qué soba, queridos míos! Aunque yo sabía que el puma es cobardón, nunca creí que lo fuera tanto. Y nunca creí tampoco que un hombre fuera guapo hasta el punto de tratar a una fiera como a un gato, y zurrarle la badana a palo limpio.

De repente, uno de los garrotazos alcanzó al puma en la base de la nariz, y el animal cayó de lomo, estirando convulsivamente las patas traseras. Aunque herida de muerte, la fiera roncaba aún entre los colmillos de los perros, que lo tironeaban de todos lados. Por fin, concluí con aquel feo espectáculo, descargando el winchester en el oído del animal.

Triste cosa es, chiquillos, ver morir boqueando a un animal, por fiera que sea, pero el hombre lleva muy hondo en la sangre el instinto de la caza, y es su misma sangre la que lo defiende del asalto de los pumas, que quieren sorbérsela.

LA METAMÚSICA

Leopoldo Lugones

Como hiciera varias semanas que no lo veía, al encontrarlo le pregunté:

—¿Estás enfermo?

—No; mejor que nunca y alegre como unas pascuas. ¡Si supieras lo que me ha tenido absorto durante estos dos meses de encierro!

Pues hacía efectivamente dos meses que se lo extrañaba en su círculo literario, en los cafés familiares y hasta en el paraíso de la ópera, su predilección. El pobre Juan tenía una debilidad: la música. En sus buenos tiempos, cuando el padre opulento y respetado compraba palco, Juan podía entregarse a su pasión favorita con toda comodidad. Después acaeció el derrumbe; títulos bajos, hipotecas, remates... El viejo murió de disgusto y Juan se encontró solo en esa singular autonomía de la orfandad, que toca por un extremo al tugurio y por el otro a la fonda de dos platos, sin vino. Por no ser huésped de cárcel, se hizo empleado que cuesta más y produce menos; pero hay seres timoratos en medio de su fuerza, que temen a la vida lo bastante para respetarla, acabando por acostarse con sus legítimas después de haber pensado veinte aventuras. La existencia de Juan volviose entonces acabadamente monótona. Su oficina, sus libros y su banqueta del paraíso fueron para él la obligación y el regalo. Estudió mucho, convirtiéndose en un teorizador formidable. Analogías de condición y de opiniones nos acercaron, nos amistaron y concluyeron por unirnos en sincera afección. Lo único que nos separaba era la música, pues jamás entendí una palabra de sus disertaciones, o mejor dicho nunca pude conmoverme con ellas, pareciéndome falso en la práctica lo que por raciocinio encontraba evidente; y como en arte la comprensión está íntimamente ligada a la emoción sentida, al no sentir yo nada con la música, claro está que no la entendía.

Esto desesperaba a mi amigo, cuya elocuencia crecía en proporción a mi incapacidad para gozar con lo que, siendo para él emoción superior, solo me resultaba confusa algarabía. Conservaba de su pasado bienestar un piano, magnífico instrumento cuyos acordes solían comentar sus ideas cuando mi rebelde emoción fracasaba en la prueba.

—Concedo que la palabra no alcance a expresarlo —decía—, pero escucha; abre bien las puertas de tu espíritu; es imposible que dejes de entender.

Y sus dedos recorrían el teclado en una especie de mística exaltación. Así discutíamos los sábados por la noche, alternando las disertaciones líricas con temas científicos en los que Juan era muy fuerte, y recitando versos. Las tres de la mañana siguiente eran la hora habitual de despedirnos. Júzguese si nuestra conversación sería prolongada después de ocho semanas de separación.

—¿Y la música, Juan?

—Querido, he hecho descubrimientos importantes.

Su fisonomía tomó tal carácter de seriedad, que le creí acto continuo. Pero una idea me ocurrió de pronto.

—¿Compones?.

Los ojos le fulguraron.

—Mejor que eso, mucho mejor que eso. Tú eres un amigo del alma y puedes saberlo. El sábado por la noche, como siempre, ya sabes; en casa; pero no lo digas a nadie, ¿eh? ¡A nadie! —añadió casi terrible.

Calló un instante; luego me pellizcó confidencialmente la punta de la oreja, mientras una sonrisa maliciosa entreabría sus labios febriles.

—Allá comprenderás por fin, allá verás. Hasta el sábado, ¿eh?... —Y como lo mirara interrogativo, añadió lanzándose a un tranvía, pero de modo que solo yo pudiese oírlo—: ... ¡Los colores de la música!...

Era un miércoles. Me era menester esperar tres días para conocer el sentido de aquella frase. ¡Los colores de la música!, me decía. ¿Será un fenómeno de audición coloreada? ¡Imposible! Juan es un muchacho muy equilibrado para caer en eso. Parece excitado, pero nada revela una alucinación en sus facultades. Después de todo, ¿por qué no ha de ser verdad su descubrimiento?... Sabe mucho, es ingenioso, perseverante, inteligente... La música no le impide cultivar a fondo las matemáticas, y estas son la sal del espíritu. En fin, aguardemos. Pero, no obstante mi resignación, una intensa curiosidad me embargaba; y el pretexto ingenuamente hipócrita de este género de situaciones no tardó en presentarse. Juan está enfermo, a no dudarlo, me dije. Abandonarlo en tal situación, sería poco discreto. Lo mejor es verlo, hablarle, hacer cuanto pueda para impedir algo peor. Iré esta noche. Y esa misma noche fui, aunque reconociendo en mi intento más curiosidad de lo que hubiese querido.

Daban las nueve cuando llegué a la casa. La puerta estaba cerrada. Una sirvienta desconocida vino a abrirme. Pensé que sería mejor darme por amigo de confianza, y después de expresar las buenas noches con mi entonación más confidencial:

—¿Está Juan? —pregunté.

—No, señor; ha salido.

—¿Volverá pronto?

—No ha dicho nada.

—Porque si volviera pronto —añadí insistiendo— le pediría permiso para esperarlo en su cuarto. Soy, su amigo íntimo y tengo algo urgente que comunicarle.

—A veces no vuelve en toda la noche.

Esta evasiva me reveló que se trataba de una consigna, y decidí retirarme sin insistir. Volví el jueves, el viernes, con igual resultado. Juan no quería recibirme; y esto, francamente, me exasperaba. El sábado me tendría fuerte, vencería mi curiosidad, no iría. El sábado a las nueve de la noche había dominado aquella puerilidad. Juan en persona me abrió.

—Perdona; sé que me has buscado; no estaba; tenía que salir todas las noches.

—Sí; te has convertido en personaje misterioso.

—Veo que mi descubrimiento te interesa de veras.

—No mucho, mira; pero, francamente, al oírte hablar de los colores de la música, temí lo que hay que temer, y ahí tienes la causa de mi insistencia.

—Gracias, quiero creerte, y me apresuro a asegurarte que no estoy loco. Tu duda lastima mi amor propio de inventor, pero somos demasiado amigos para no prometerte una venganza.

Mientras, habíamos atravesado un patio lleno de plantas. Pasamos un zaguán, doblamos a la derecha, y Juan abriendo una puerta dijo:

—Entra; voy a pedir el café.

Era el cuarto habitual, con su escritorio, su ropero, su armario de libros, su catre de hierro. Noté que faltaba el piano. Juan volvía en ese momento.

—¿Y el piano?

—Está en la pieza inmediata. Ahora soy rico; tengo dos «salones».

—¡Qué opulencia!

Y esto nos endilgó en el asunto. Juan, que paladeaba con deleite su café, empezó tranquilamente:

—Hablemos en serio. Vas a ver una cosa interesante. Vas a ver, óyelo bien. No se trata de teorías. Las notas poseen cada cual su color, no arbitrario, sino real. Alucinaciones y chifladuras nada tienen que ver con esto. Los aparatos no mienten, y mi aparato hace perceptibles los colores de la música. Tres años antes de conocerte, emprendí las experiencias coronadas hoy por el éxito. Nadie lo sabía en casa, donde, por otra parte, la independencia era grande, como recordarás. Casa de viudo con hijos mayores... Dicho esto en forma de disculpa por mi reserva, que espero no atribuyas a desconfianza, quiero hacerte una descripción de mis procedimientos, antes de empezar mi pequeña fiesta científica.

Encendidos los cigarrillos y Juan continuó:

—Sabemos por la teoría de la unidad de la fuerza, que el movimiento es, según los casos, luz, calor, sonido, etc.; dependiendo estas diferencias —que esencialmente no existen, pues son únicamente modos de percepción de nuestro sistema nervioso— del mayor o menor número de vibraciones de la onda etérea.

»Así, pues, en todo sonido hay luz, calor, electricidad latentes, como en toda luz hay a su vez electricidad, calor y sonido. El ultravioleta del espectro, señala el límite de la luz y es ya calor, que cuando llegue a cierto grado se convertirá en luz...

Y la electricidad igualmente. ¿Por qué no ocurriría lo mismo con el sonido?, me dije; y desde aquel momento quedó planteado mi problema. La escala musical está representada por una serie de números cuya proporción, tomando al do como unidad, es bien conocida, pues la armonía se halla constituida por proporciones de número, o en otros términos se compone de la relación de las vibraciones aéreas por un acorde de movimientos desemejantes. En todas las músicas sucede lo mismo, cualquiera que sea su desarrollo. Los griegos que no conocían sino tres de las consonancias de la escala, llegaban a idénticas proporciones: 1 a 2, 3 a 2, 4 a 3. Es, como observas, matemático. Entre las ondulaciones de la luz tiene que haber una relación igual, y es ya vieja la comparación. El 1 del do, está representado por las vibraciones de 369 millonésimas de milímetro que engendran el violáceo, y el 2 de la octava por el duplo; es decir, por las de 738 que producen el rojo. Las demás notas, corresponden cada una a un color. Ahora bien, mi raciocinio se efectuaba de este modo: Cuando oímos un sonido, no vemos la luz, no palpamos el calor, no sentimos la electricidad que produce porque las ondas caloríficas, luminosas y eléctricas, son imperceptibles por su propia amplitud. Por la misma razón no oímos cantar la luz, aunque la luz canta real y verdaderamente cuando sus vibraciones, que constituyen los colores, forman proporciones armónicas. Cada percepción tiene un límite de intensidad, pasado el cual se convierte en impercepción para nosotros. Estos límites no coinciden en la mayoría de los casos, lo cual obedece al progresivo trabajo de diferenciación efectuado por los sentidos en los organismos superiores; de tal modo que si al producirse una vibración no percibimos más que uno de los movimientos engendrados, es porque los otros, o han pasado el límite máximo, o no han alcanzado el límite mínimo de la percepción. A veces se consigue, sin embargo, la simultaneidad. Así, vemos el color de una luz, palpamos su calor y medimos su electricidad...

Todo esto era lógico; pero en cuanto al sonido, tenía una objeción muy sencilla que hacer y la hice:

—Es claro; y si con el sonido no sucede así, es porque se trata de una vibración aérea, mientras que las otras son vibraciones etéreas.

—Perfectamente; pero la onda aérea provoca vibraciones etéreas, puesto que al propagarse conmueve el éter intermedio entre molécula y molécula de aire. ¿Qué es esta segunda vibración? Yo he llegado a demostrar que es luz. ¿Quién sabe si mañana un termómetro ultrasensible no averiguará las temperaturas del sonido? Un sabio injustamente olvidado, Louis Lucas, dice lo que voy a leer, en su *Chimie Nouvelle*: «Si se estudia con cuidado las propiedades del monocordio, se nota que en toda jerarquía sonora no existen, en realidad, más que tres puntos de primera importancia: la tónica, la quinta y la tercia, siendo la octava reproducción de ellas a diversa altura, y permaneciendo en las tres resonancias la tónica como punto de apoyo; la quinta es su antagonista y la tercia un punto indiferente, pronto a seguir a aquel de los dos contrarios que adquiera superioridad. Esto es también lo que hallamos en tres cuerpos simples, cuya importancia relativa no hay necesidad de recordar: el hidrógeno, el ázoe y el oxígeno. El primero, por su negativismo absoluto en presencia de los otros metaloides, por sus propiedades esencialmente básicas, toma el sitio de la tónica, o reposo relativo; el oxígeno, por sus propiedades antagónicas, ocupa el lugar de la quinta; y por fin, la indiferencia bien conocida del ázoe, le asigna el puesto de la tercia». Ya ves que no estoy solo en mis conjeturas, y que ni siquiera voy tan lejos; mas, lleguemos cuanto antes a la narración de la experiencia. Ante todo, tenía tres caminos: o colar el sonido a través de algún cuerpo que lo absorbiera, no dejando pasar sino las ondas luminosas; algo semejante al carbón animal para los colorantes químicos; o construir cuerdas tan poderosas, que sus vibraciones pudieran contarse, no por miles sino por millones de millones en cada segundo, para transformar mi música en luz; o reducir la expansión de la onda luminosa, invisible en el sonido, contenerla en su marcha, reflejarla, reforzarla hasta hacerla alcanzar un límite de percepción y verla sobre una pantalla convenientemente dispuesta.

»De los tres métodos probables, excuso decirte que he adoptado el último; pues los dos primeros requerirían un descubrimiento previo cada uno, mientras que el tercero es una aplicación de aparatos conocidos.

»[17]*Agedum!* —prosiguió evocando su latín, mientras abría la puerta del segundo aposento—. Aquí tienes mi aparato —añadió, al paso que me enseñaba sobre un caballete una caja como de dos metros de largo, enteramente parecida a un féretro. Por uno de sus extremos sobresalía el pabellón paraboloide de una especie de clarín. En la tapa, cerca de la otra extremidad, resaltaba un trozo de cristal que me pareció la faceta de un prisma. Una pantalla blanca coronaba el misterioso cajón, sobre un soporte de metal colocado hacia la mitad de la tapa.

Juan se apoyó sobre el aparato y yo me senté en la banqueta del piano.

—Oye con atención.

—Ya te imaginas.

—El pabellón que aquí ves, recoge las ondas sonoras. Este pabellón toca al extremo de un tubo de vidrio negro, de dobles

---

[17] Interjección latina que se puede traducir de diversas maneras como «¡vamos!», «¡vale!», «¡bien!», etcétera.

paredes, en el cual se ha llevado el vacío a una millonésima de atmósfera. La doble pared del tubo está destinada a contener una capa de agua. El sonido muere en él y en el denso almohadillado que lo rodea. Queda solo la onda luminosa cuya expansión debo reducir para que no alcance la amplitud suprasensible. El vidrio negro lo consigue; y, ayudado por la refracción del agua, se llega a una reducción casi completa. Además, el agua tiene por objeto absorber el calor que resulta.

—¿Y por qué el vidrio negro?

—Porque la luz negra tiene una vibración superior a la de todas las otras; y como por consiguiente el espacio entre movimiento y movimiento se restringe, las demás no pueden pasar por los intersticios y se reflejan. Es exactamente análogo a una trinchera de trompos que bailan conservando distancias proporcionales a su tamaño. Un trompo mayor, aunque animado de menor velocidad, intenta pasar; pero se produce un choque que lo obliga a volver sobre sí mismo.

—Y los otros, ¿no retroceden también?

—Ese es el percance que el agua está encargada de prevenir.

—Muy bien; continúa.

—Reducida la onda luminosa, se encuentra al extremo del tubo con un disco de mercurio engarzado a aquel; disco que la detiene en su marcha.

—Ah, el inevitable mercurio.

—Sí, el mercurio. Cuando el profesor Lippmann lo empleó para corregir las interferencias de la onda luminosa en su descubrimiento de la fotografía de los colores, aproveché el dato; y el éxito no tardó en coronar mis previsiones. Así pues, mi disco de mercurio contiene la onda en marcha por el tubo, y la refleja hacia arriba por medio de otro, acodado. En este segundo tubo, hay dispuestos tres prismas infrangibles, que refuerzan la onda luminosa hasta el grado requerido para percibirla como sensación óptica. El número de prismas está determinado por tanteo, a ojo, y el último de ellos, cerrando el extremo del tubo, es el que ves sobresalir aquí. Tenemos, pues, suprimida la vibración sonora, reducida la amplitud de la onda luminosa, contenida su marcha y reforzada su acción. No nos queda más que verla.

—¿Y se ve?

—Se ve, querido; se ve sobre esta pantalla; pero falta algo aún.

»Este algo es mi piano cuyo teclado he debido transformar en series de siete blancas y siete negras, para conservar la relación verdadera de las transposiciones de una nota tónica a otra; relación que se establece multiplicando la nota por el intervalo del semitono menor. Mi piano queda convertido, así, en un instrumento exacto, bien que de dominio mucho más difícil. Los pianos comunes, construidos sobre el principio de la gama temperada que luego recordaré, suprimen la diferencia entre los tonos y los semitonos mayores y menores, de suerte que todos los sones de la octava se reducen a doce, cuando son catorce en realidad. El mío es un instrumento exacto y completo. Ahora bien, esta reforma, equivale a abolir la gama temperada de uso corriente, aunque sea, como dije, inexacta, y a la cual se debe en justicia el enorme progreso alcanzado por la música instrumental desde Sebastián Bach, quien le consagró cuarenta y ocho composiciones. Es claro, ¿no?

—¡Qué sé yo de todo eso! Lo que estoy viendo es que me has elegido como se elige una pared para rebotar la pelota.

—Creo inútil recordarte que uno no se apoya sino sobre lo que resiste.

Callamos sonriendo, hasta que Juan me dijo:

—¿Sigues creyendo, entonces, que la música no expresa nada?

Ante esta insólita pregunta que desviaba a mil leguas el argumento de la conversación, le pregunté a mi vez:

—¿Has leído a Hanslick?

—Sí, ¿por qué?

—Porque Hanslick, cuya competencia crítica no me negarás, sostiene que la música no expresa nada, que solo evoca sentimientos.

—¿Eso dice Hanslick? Pues bien, yo sostengo, sin ser ningún crítico alemán, que la música es la expresión matemática del alma. Palabras… no, hechos perfectamente demostrables. Si multiplicas el semidiámetro del mundo por 36, obtienes las cinco escalas musicales de Platón, correspondientes a los cinco sentidos.

—¿Y por qué 36?

—Hay dos razones; una matemática, la otra psíquica. Según la primera, se necesitan treinta y seis números para llenar los intervalos de las octavas, las cuartas y las quintas hasta 27, con números armónicos.

—¿Y por qué 27?

—Porque 27 es la suma de los números cubos 1 y 8; de los lineales 2 y 3; y de los planos 4 y 9; es decir, de las bases matemáticas del universo. La razón psíquica consiste en que ese número 36, total de los números armónicos, representa, además, el de las emociones humanas.

—¡Cómo!

—El veneciano Gozzi, Goethe y Schiller, afirmaban que no deben existir sino treinta y seis emociones dramáticas. Un erudito, J. Polti, demostró el año 94, si no me equivoco, que la cantidad era exacta y que el número de emociones humanas no pasaba de treinta y seis.

—¡Es curioso!

—En efecto; y más curioso si se tienen en cuenta mis propias observaciones. La suma o valor absoluto de las cifras de 36, es 9, número irreductible; pues todos sus múltiplos lo repiten si se efectúa con ellos la misma operación. El 1 y el 9 son los únicos números absolutos o permanentes; y de este modo, tanto 27 como 36, iguales a 9 por el valor absoluto de sus cifras, son números de la misma categoría. Esto da origen, además, a una proporción. 27, o sea el total de las bases geométricas, es a 36, total de las emociones humanas, como x, el alma, es al absoluto 9. Practicada la operación, se averigua que el término desconocido es 6. Seis, fíjate bien: el doble ternario que, en la simbología sagrada de los antiguos, significaba el equilibrio del universo. ¿Qué me dices?

Su mirada se había puesto luminosa y extraña.

—El universo es música —prosiguió animándose—. Pitágoras tenía razón, y desde Timeo hasta Keplen, todos los pensadores han presentido esta armonía. Eratóstenes llegó a determinar la escala celeste, los tonos y semitonos entre astro y astro. ¡Yo creo tener algo mejor, pues habiendo dado con las notas fundamentales de la música de las esferas reproduzco en colores geométricamente combinados el esquema del Cosmos!...

¿Qué estaba diciendo aquel alucinado? ¿Qué torbellino de extravagancias se revolvía en su cerebro...? Casi no tuve tiempo de advertirlo, cuando el piano empezó a sonar.

Juan volvió a ser el inspirado de otro tiempo, en cuanto sus dedos acariciaron las teclas.

—Mi música —iba diciendo—, se halla formada por los acordes de tercia menor introducidos en el siglo XVII y que

Mozart mismo consideraba imperfectos, a pesar de que es todo lo contrario; pero su recurso fundamental está constituido por aquellos acordes inversos que hicieron calificar de melodía de los ángeles la música de Palestrina...[18]

En verdad, hasta mi naturaleza refractaria se conmovía con aquellos sones. Nada tenían de común con las armonías habituales, y aun podía decirse que no eran música en realidad; pero lo cierto es que sumergían el espíritu en un éxtasis sereno, como quien dice formado de antigüedad y de distancia.

Juan continuaba:

—Observa en la pantalla la distribución de colores que acompaña a la emisión musical. Lo que estás escuchando es una armonía en la cual entran las notas específicas de cada planeta del sistema; y este sencillo conjunto termina con la sublime octava del sol, que nunca me he atrevido a tocar, pues temo producir influencias excesivamente poderosas. ¿No sientes algo extraño?

Sentía, en efecto, como si la atmósfera de la habitación estuviese conmovida por presencias invisibles. Ráfagas sordas cruzaban su ámbito. Y entre la beatitud que me regalaba la grave dulzura de aquella armonía, una especie de aura eléctrica iba helándome de pavor. Pero no distinguía sobre la pantalla otra cosa que una vaga fosforescencia y como esbozos de figuras... De pronto comprendí. En la común exaltación, habíasenos olvidado apagar la lámpara. Iba a hacerlo, cuando Juan gritó enteramente arrebatado, entre un son estupendo del instrumento:

—¡Mira ahora!

---

[18] Giovanni Pierluigi da Palestrina (Palestrina, 1525-1594) fue un compositor italiano renacentista de música religiosa católica. Sus composiciones polifónicas lo hicieron tan notorio que se consideraron música angelical.

Yo también lancé un grito, pues acababa de suceder algo terrible. Una llama deslumbradora brotó del foco de la pantalla. Juan, con el pelo erizado, se puso de pie, espantoso. Sus ojos acababan de evaporarse como dos gotas de agua bajo aquel haz de dardos flamígeros, y él, insensible al dolor, radiante de locura, exclamaba tendiéndome los brazos:

—¡La octava del sol, muchacho, la octava del sol!

EL HIJO

Horacio Quiroga

Es un poderoso día de verano en Misiones, con todo el sol, el calor y la calma que puede deparar la estación. La naturaleza plenamente abierta se siente satisfecha de sí. Como el sol, el calor y la calma ambiente, el padre abre también su corazón a la naturaleza.

—Ten cuidado, chiquito —dice a su hijo; abreviando en esa frase todas las observaciones del caso y que su hijo comprende perfectamente.

—Si, papá —responde la criatura mientras coge la escopeta y carga de cartuchos los bolsillos de su camisa, que cierra con cuidado.

—Vuelve a la hora de almorzar —observa aún el padre.

—Sí, papá —repite el chico.

Equilibra la escopeta en la mano, sonríe a su padre, lo besa en la cabeza y parte. Su padre lo sigue un rato con los ojos y vuelve a su quehacer de ese día, feliz con la alegría de su pequeño. Sabe que su hijo es educado desde su más tierna infancia en el hábito y la precaución del peligro, puede manejar un fusil y cazar no importa qué. Aunque es muy alto para su edad, no tiene sino trece años. Y parecía tener menos, a juzgar por la pureza de sus ojos azules, frescos aún de sorpresa infantil. No necesita el padre levantar los ojos de su quehacer para seguir con la mente la marcha de su hijo.

Ha cruzado la picada roja y se encamina rectamente al monte a través del abra de espartillo. Para cazar en el monte —caza de pelo— se requiere más paciencia de la que su cachorro puede rendir. Después de atravesar esa isla de monte, su hijo costeará la linde de cactus hasta el bañado, en procura de palomas, tucanes o tal cual casal de garzas, como las que su amigo Juan ha descubierto días anteriores.

Solo ahora, el padre esboza una sonrisa al recuerdo de la pasión cinegética de las dos criaturas. Cazan solo a veces un yacútoro, un surucuá —menos aún— y regresan triunfales, Juan a su rancho con el fusil de nueve milímetros que él le ha regalado, y su hijo a la meseta con la gran escopeta Saint-Étienne, calibre 16, cuádruple cierre y pólvora blanca. Él fue lo mismo. A los trece años hubiera dado la vida por poseer una escopeta. Su hijo, de aquella edad, la posee ahora y el padre sonríe.

No es fácil, sin embargo, para un padre viudo, sin otra fe ni esperanza que la vida de su hijo, educarlo como lo ha hecho él, libre en su corto radio de acción, seguro de sus pequeños pies y manos desde que tenía cuatro años, consciente de la inmensidad de ciertos peligros y de la escasez de sus propias fuerzas. Ese padre ha debido luchar fuertemente contra lo que él considera su egoísmo. ¡Tan fácilmente una criatura calcula mal, sienta un pie en el vacío y se pierde un hijo!

El peligro subsiste siempre para el hombre en cualquier edad; pero su amenaza amengua si desde pequeño se acostumbra a no contar sino con sus propias fuerzas. De este modo ha educado el padre a su hijo. Y para conseguirlo ha debido resistir no solo a su corazón, sino a sus tormentos morales; porque ese padre, de estómago y vista débiles, sufre desde hace un tiempo de alucinaciones.

Ha visto, concretados en dolorosísima ilusión, recuerdos de una felicidad que no debía surgir más de la nada en que se recluyó. La imagen de su propio hijo no ha escapado a este tormento. Lo ha visto una vez rodar envuelto en sangre cuando el chico percutía en la morsa del taller una bala de Parabellum, siendo así que lo que hacía era limar la hebilla de su cinturón de caza.

Horrible caso… Pero hoy, con el ardiente y vital día de verano, cuyo amor a su hijo parece haber heredado, el padre se siente feliz, tranquilo, y seguro del porvenir.

En ese instante, no muy lejos suena un estampido.

—La Saint-Étienne… —piensa el padre al reconocer la detonación. Dos palomas de menos en el monte…

Sin prestar más atención al nimio acontecimiento, el hombre se abstrae de nuevo en su tarea.

El sol, ya muy alto, continúa ascendiendo. Adonde quiera que se mire —piedras, tierra, árboles—, el aire enrarecido como en un horno, vibra con el calor. Un profundo zumbido, que llena el ser entero e impregna el ámbito hasta donde la vista alcanza, concentra a esa hora toda la vida tropical.

El padre echa una ojeada a su muñeca: las doce. Y levanta los ojos al monte. Su hijo debía estar ya de vuelta. En la mutua confianza que depositan el uno en el otro —el padre de sienes plateadas y la criatura de trece años—, no se engañan jamás.

Cuando su hijo responde: «Sí, papá», hará lo que dice. Dijo que volvería antes de las doce, y el padre ha sonreído al verlo partir.

Y no ha vuelto.

El hombre torna a su quehacer, esforzándose en concentrar la atención en su tarea. ¿Es tan fácil, tan fácil perder la noción de la hora dentro del monte, y sentarse un rato en el suelo mientras se descansa inmóvil?

El tiempo ha pasado; son las doce y media. El padre sale de su taller, y al apoyar la mano en el banco de mecánica sube del fondo de su memoria el estallido de una bala de Parabellum, e instantáneamente, por primera vez en las tres transcurridas, piensa que tras el estampido de la Saint-Étienne no ha oído nada más. No ha oído rodar el pedregullo bajo un paso conocido. Su hijo no ha vuelto y la naturaleza se halla detenida a la vera del bosque, esperándolo.

¡Oh! no son suficientes un carácter templado y una ciega confianza en la educación de un hijo para ahuyentar el espectro de la fatalidad que un padre de vista enferma ve alzarse desde la línea del monte. Distracción, olvido, demora fortuita; ninguno de estos nimios motivos que pueden retardar la llegada de su hijo halla cabida en aquel corazón. Un tiro, un solo tiro ha sonado, y hace mucho. Tras él, el padre no ha oído un ruido, no ha visto un pájaro, no ha cruzado el abra una sola persona a anunciarle que, al cruzar un alambrado, una gran desgracia.

La cabeza al aire y sin machete, el padre va. Corta el abra de espartillo, entra en el monte, costea la línea de cactus sin hallar el menor rastro de su hijo.

Pero la naturaleza prosigue detenida. Y cuando el padre ha recorrido las sendas de caza conocidas y ha explorado el bañado en vano, adquiere la seguridad de que cada paso que da en adelante lo lleva, fatal e inexorablemente, al cadáver de su hijo.

Ni un reproche que hacerse, es lamentable. Solo la realidad fría terrible y consumada: ha muerto su hijo al cruzar un…

¡Pero dónde, en qué parte! ¡Hay tantos alambrados allí, y es tan, tan sucio el monte!

¡Oh, muy sucio! Por poco que no se tenga cuidado al cruzar los hilos con la escopeta en la mano…

El padre sofoca un grito. Ha visto levantarse en el aire… ¡Oh, no es su hijo, no! Y vuelve a otro lado, y a otro y a otro…

Nada se ganaría con ver el color de su tez y la angustia de sus ojos. Ese hombre aún no ha llamado a su hijo. Aunque su corazón clama par él a gritos, su boca continúa muda. Sabe bien que el solo acto de pronunciar su nombre, de llamarlo en voz alta, será la confesión de su muerte.

—¡Chiquito! —se le escapa de pronto. Y si la voz de un hombre de carácter es capaz de llorar, tapémonos de misericordia los oídos ante la angustia que clama en aquella voz. Nadie ni nada ha respondido. Por las picadas rojas de sol, envejecido en diez años, va el padre buscando a su hijo que acaba de morir.

—¡Hijito mío! ¡Chiquito mío! —clama en un diminutivo que se alza del fondo de sus entrañas.

Ya antes, en plena dicha y paz, ese padre ha sufrido la alucinación de su hijo rodando con la frente abierta por una bala al cromo níquel. Ahora, en cada rincón sombrío del bosque ve centellos de alambre; y al pie de un poste, con la escopeta descargada al lado, ve a su…

—¡Chiquito! ¡Mi hijo!

Las fuerzas que permiten entregar un pobre padre alucinado a la más atroz pesadilla tienen también un límite.

Y el nuestro siente que las suyas se le escapan, cuando ve bruscamente desembocar de un pique lateral a su hijo.

A un chico de trece años bástale ver desde cincuenta metros la expresión de su padre sin machete dentro del monte para apresurar el paso con los ojos húmedos.

—Chiquito… —murmura el hombre. Y, exhausto se deja caer sentado en la arena albeante, rodeando con los brazos las piernas de su hijo.

La criatura, así ceñida, queda de pie; y como comprende el dolor de su padre, le acaricia despacio la cabeza:

—Pobre papá…

—En fin, el tiempo ha pasado. Ya van a ser las tres…

Juntos ahora, padre e hijo emprenden el regreso a la casa.

—¿Cómo no te fijaste en el sol para saber la hora? —murmura aún el primero.

—Me fijé, papá… Pero cuando iba a volver vi las garzas de Juan y las seguí…

—¡Lo que me has hecho pasar, chiquito!

—Piapiá… —murmura también el chico.

Después de un largo silencio:

—Y las garzas, ¿las mataste? —pregunta el padre.

—No.

Nimio detalle, después de todo. Bajo el cielo y el aire candentes, a la descubierta por el abra de espartillo, el hombre vuelve a casa con su hijo, sobre cuyos hombros, casi del alto de los suyos, lleva pasado su feliz brazo de padre.

Regresa empapado de sudor, y aunque quebrantado de cuerpo y alma, sonríe de felicidad.

Sonríe de alucinada felicidad… Pues ese padre va solo.

A nadie ha encontrado, y su brazo se apoya en el vacío. Porque tras él, al pie de un poste y con las piernas en alto, enredadas en el alambre de púa, su hijo bienamado yace al sol, muerto desde las diez de la mañana.

EL CASTILLO DE LO INCONSCIENTE

Amado Nervo

El castillo de lo inconsciente yérguese sobre una roca enorme, aguda y hosca, rodeada de abismos. Entre la roca, y la montaña vecina, derrúmbase el agua torrencial, que luego se arrastra, allá en el fondo lóbrego…

Su estruendo se oye de lejos, sordo y hasta apacible, y sus espumas, fosforescentes desde la altura, se adivinan en las tinieblas.

Por dondequiera, como guardia de honor de la roca, levántanse agujas ásperas, dientes pétreos, y se erizan matorrales de espinos.

Pero en las noches de luna, con qué arcano prestigio radian, en lo alto, los vitrales del castillo divino en que mora la paz…

Solo pueden escalar tu morada eminente los que han sangrado en todos los colmillos rocosos, los que se han herido en todos los espinos…

Yo era de estos. Yo merecía habitar en la mansión del sosiego, y una noche apacible, guiado por el celeste faro lunar, emprendí la ascensión al castillo.

Sobre una robusta rama inclinada, atravesé el torrente. Varias veces el vértigo estuvo a punto de vencerme. La corriente rabiosa hubiera destrozado mis miembros; la colérica espuma me habría cubierto con su rizada, y trémula blancura…

Pero yo miraba a lo alto, al castillo, que mansamente se iluminaba en el picacho gigantesco y una gran esperanza descendía hasta mi corazón y me daba aliento.

Salvado el abismo, hube de escalar la roca.

¡Ay! ¡Cuántas veces en sus asperezas me herí las rodillas y las manos! ¡Cuántas otras me vi en peligro de caer al torrente que, como dragón retorcido y furioso, parecía acecharme!... Sus espumas llegaban, hasta mí, humedeciendo mis destrozadas ropas.

Pero mi anhelo de llegar al castillo era demasiado intenso para no triunfar; y, muy avanzada ya la noche, franqueaba yo por fin los últimos obstáculos y me encontraba en la breve explanada que precedía a la gótica mole.

Una mansa lluvia de luna caía sobre aquel espacio abierto. La imponente masa, a su imprecisa luz, era con sus torreones, sus almenas, sus ojivas, sus terrazas, sus techos agudos, más bella que todos los ensueños.

¡Con qué temblor llamé a la puerta! ¡Cómo resonó en el silencio el aldabón!

Esperé… no sé cuántos minutos…

Oía mi corazón golpearme el pecho como un sordo martillo.

De muy lejos venía a mis oídos el rumor confuso del torrente.

Allá, en la hondura, adivinábase un océano informe de sombras y de luces, y el hervidero de plata de las aguas…

Por fin la puerta se abrió dulcemente y una figura pálida, envuelta en un manto blanco, apareció en el umbral.

—La paz sea contigo —me dijo—. ¿Qué buscas aquí, extranjero?

—Ese don santo que acabas de desearme —le respondí—: la Paz.

—¿De dónde vienes?

—De lo más hondo de aquellos abismos —y le señalé con un amplio gesto la perspectiva lejana—. He sangrado en todos los espinos… Me he desgarrado en todas las rocas… Conozco el filo de todos los guijarros.

—¿Sabes lo que encontrarás aquí?

—El paraíso del no pensar…

—¿No te asusta la inconsciencia?

—La ansío. Allá abajo, las breves horas se sueño eran mi bien único…

—Tus más bellas ideas, tus más luminosas imágenes se extinguirán para siempre. Nunca mis sonará en tu oído la deleitosa melodía de las rimas; nunca más el choque de los conceptos vibrará en tu cerebro. Tu memoria no descorrerá ya sus telones de luz amable o trágica… Será como si te hubieses bañado en el Leteo,[19] como si gustases la flor del olvido en la isla de los Lotófagos…[20]

—Eso quiero.

—Los seres que amaste no vivirán ya en tu recuerdo su vida vagarosa de fantasmas…

—Los enterraré para siempre.

---

[19] En la mitología griega, unos de los cuatro ríos del Hades o infierno, cuyas aguas provocaban el olvido si se bebían.
[20] Personajes de la *Odisea* que habitaban en una isla. Cuando Ulises y sus compañeros arriban allí, les ofrecen hojas de loto para comer y les provocan amnesia.

—Ni siquiera, té acordarás de tu nombre; tu personalidad naufragará eternamente en este océano de la total amnesia.

—Pero seré feliz.

—Lo serás, pero sin saber que lo eres, sin darte cuenta de tu suprema ventura. Esta es la divina ciudad del Nirvana de que habla el Buda. Este es el albergue del silencio interior; este es el sosegado sueño del yo. Aquí toda individualidad se diluye como la gota de agua en el mar… Aquí el maya tenaz desaparece; aquí todo es idéntico con el Todo; la relación de tu ser con el Universo acaba… El ser y el no ser son una misma cosa… Aún es tiempo; vuelve a pasar la explanada y desciende hacia el dolor, que hiere y maltrata, pero individualiza… Baja hacia el torrente; arrástrate de nuevo entre las rocas. Duro es el arrastrarse, pero quien se hace mal eres tú; mientras que aquí el bien nos satura, pero tú ya no existes. En el Bien estás, más el Bien no está en ti.

…¡Vacilé! ¡Oh mísero apego al yo, cadena que nos liga con tantos eslabones al mundo de la ilusión; fuiste más fuerte que el anhelo de paz!

…El hombre blanco notó mi vacilación, inclinó melancólicamente la cabeza; fue cerrando con suavidad la puerta…, la puerta que da acceso al divino ignorar…, y me dejó allí, solo con la luna…

Torné a bajar hacía el torrente.

Más duro era el descender que había sido el subir, los filos de las rocas herían con mayor encono.

La luna descendía ya como un dios triste, aureolado de plata, hacia su ocaso.

Allá en lo alto, cada vez más en lo alto, los vitrales del castillo brillaban misteriosamente…

Con la herida y ensangrentada diestra, envié un supremo beso de amor y de dolor a la morada excelsa, al paraíso perdido...

Y heme de nuevo en la otra orilla del torrente. Heme de nuevo entre los espinos. Héroe de nuevo en el Hosco Valle del Pensamiento y del Dolor.

LA MIEL SILVESTRE

Horacio Quiroga

Tengo en el Salto Oriental[21] dos primos, hoy hombres ya, que, a sus doce años y a consecuencia de profundas lecturas de Julio Verne, dieron en la rica empresa de abandonar su casa para ir a vivir al monte. Este queda a dos leguas de la ciudad. Allí vivirían primitivamente de la caza y la pesca. Cierto es que los dos muchachos no se habían acordado particularmente de llevar escopetas ni anzuelos; pero de todos modos el bosque estaba allí, con su libertad como fuente de dicha, y sus peligros como encanto.

Desgraciadamente, al segundo día fueron hallados por quienes los buscaban. Estaban bastante atónitos todavía, no poco débiles, y con gran asombro de sus hermanos menores —iniciados también en Julio Verne—, sabían aún andar en dos pies y recordaban el habla.

La aventura de los dos robinsones, sin embargo, fuera acaso más formal de haber tenido como teatro otro bosque menos dominguero. Las escapatorias llevan aquí en Misiones a límites imprevistos, y a ello arrastró a Gabriel Benincasa el orgullo de sus *stromboot*.[22]

---

[21] Salto Oriental: ciudad natal del autor, situada en la margen izquierda del río Uruguay.
[22] Stromboot: una clase de botas. (Vocablo inglés).

Benincasa, habiendo concluido sus estudios de contaduría pública, sintió fulminante deseo de conocer la vida de la selva. No fue arrastrado por su temperamento, pues antes bien Benincasa era un muchacho pacífico, gordinflón y de cara rosada, en razón de su excelente salud. En consecuencia, lo suficiente cuerdo para preferir un té con leche y pastelitos, a quién sabe qué fortuita e infernal comida del bosque. Pero, así como el soltero que fue siempre juicioso cree de su deber, la víspera de sus bodas, despedirse de la vida libre con una noche de orgía en compañía de sus amigos, de igual modo Benincasa quiso honrar su vida aceitada con dos o tres choques de vida intensa. Y por este motivo remontaba el Paraná hasta un obraje, con sus famosos *stromboot*.

Apenas salido de Corrientes había calzado sus recias botas, pues los yacarés[23] de la orilla calentaban ya el paisaje. Mas a pesar de ello el contador público cuidaba mucho de su calzado, evitándole arañazos y sucios contactos.

De este modo llegó al obraje de su padrino, y a la hora tuvo este que contener el desenfado de su ahijado.

—¿Adónde vas ahora? —le había preguntado sorprendido.

—Al monte, quiero recorrerlo un poco —repuso Benincasa, que acababa de colgarse el winchester[24] al hombro.

—¡Pero infeliz! No vas a poder dar un paso. Sigue la picada, si quieres… O mejor, deja esa arma, y mañana te haré acompañar por un peón.

Benincasa renunció a su paseo. No obstante, fue hasta la vera del bosque y se detuvo. Intentó vagamente un paso adentro, y quedó quieto. Metiose las manos en los bolsillos, y miró detenidamente aquella inextricable maraña, silbando débil-

---

[23] Yacaré: caimán.
[24] Winchester: fusil de repetición.

mente aires truncos. Después de observar de nuevo el bosque a uno y otro lado, retornó bastante desilusionado.

Al día siguiente, sin embargo, recorrió la picada central por espacio de una legua, y aunque su fusil volvió profundamente dormido, Benincasa no deploró el paseo. Las fieras llegarían poco a poco.

Llegaron estas a la segunda noche, aunque de un carácter un poco singular. Benincasa dormía profundamente, cuando fue despertado por su padrino.

—¡Eh, dormilón! Levántate, que te van a comer vivo. Benincasa se sentó bruscamente en la cama, alucinado por la luz de los tres faroles de viento que se movían de un lado a otro en la pieza. Su padrino y dos peones regaban el piso.

—¿Qué hay, que hay? —preguntó, echándose al suelo.

—Nada… Cuidado con los pies… La *corrección*.

Benincasa había sido ya enterado de las curiosas hormigas a que llamamos *corrección*. Son pequeñas, negras, brillantes, y marchan velozmente en ríos más o menos anchos. Son esencialmente carnívoras. Avanzan devorando todo lo que encuentran a su paso: arañas, grillos, alacranes, sapos, víboras, y a cuanto ser no puede resistirles. No hay animal, por grande y fuerte que sea, que no huya de ellas. Su entrada en una casa supone la exterminación absoluta de todo ser viviente, pues no hay rincón ni agujero profundo donde no se precipite el río devorador. Los perros aúllan, los bueyes mugen, y es forzoso abandonarles la casa, a trueque de ser roído en diez horas hasta el esqueleto. Permanecen en el lugar uno, dos, hasta cinco días, según su riqueza en insectos, carne o grasa. Una vez devorado todo, se van.

No resisten sin embargo a la creolina[25] o droga similar; y como en el obraje abunda aquella, antes de una hora el chalet quedó libre de la *corrección*.

Benincasa se observaba muy de cerca en los pies la placa lívida de una mordedura.

—¡Pican muy fuerte, realmente! —dijo sorprendido, levantando la cabeza hacia su padrino.

Este, para quien la observación no tenía ya ningún valor, no respondió, felicitándose en cambio de haber contenido a tiempo la invasión. Benincasa reanudó el sueño, aunque sobresaltado toda la noche por pesadillas tropicales.

Al día siguiente se fue al monte, esta vez con un machete, pues había concluido por comprender que tal utensilio le sería en el monte mucho más útil que el fusil.

Cierto es que su pulso no era maravilloso, y su acierto, mucho menos. Pero de todos modos lograba trozar las ramas, azotarse la cara y cortarse las botas; todo en uno.

El monte crepuscular y silencioso lo cansó pronto. Dábale la impresión —exacta por lo demás— de un escenario visto de día. De la bullente vida tropical no hay a esa hora más que el teatro helado; ni un animal, ni un pájaro, ni un ruido casi. Benincasa volvía, cuando un sordo zumbido le llamó la atención. A diez metros de él, en un tronco hueco, diminutas abejas aureolaban la entrada del agujero. Se acercó con cautela, y vio en el fondo de la abertura diez o doce bolas oscuras del tamaño de un huevo.

—Esto es miel —se dijo el contador público con íntima gula—. Deben de ser bolsitas de cera, llenas de miel...

Pero entre él, Benincasa, y las bolsitas, estaban las abejas. Después de un momento de descanso, pensó en el fuego;

---

[25] Creolina: líquido espeso y marrón que se usa como desinfectante, obtenido de la destilación del alquitrán en jabón de resina y jabón graso.

levantaría una buena humareda. La suerte quiso que mientras el ladrón acercaba cautelosamente la hojarasca húmeda, cuatro o cinco abejas se posaran en su mano, sin picarlo. Benincasa cogió una enseguida, y oprimiéndole el abdomen constató que no tenía aguijón.

Su saliva, ya liviana, se clarificó en melífica abundancia. ¡Maravillosos y buenos animalitos!

En un instante el contador desprendió las bolsitas de cera, y alejándose un buen trecho para escapar al pegajoso contacto de las abejas, se sentó en un raigón. De las doce bolas, siete contenían polen. Pero las restantes estaban llenas de miel, una miel oscura, de sombría transparencia, que Benincasa paladeó golosamente. Sabía distintamente a algo. ¿A qué? El contador no pudo precisarlo. Acaso a resina de frutales o de eucalipto. Y por igual motivo, tenía la densa miel un vago dejo áspero. ¡Más que perfume, en cambio!

Benincasa, una vez bien seguro de que solo cinco bolsitas le serían útiles, comenzó. Su idea era sencilla: tener suspendido el panal goteante sobre su boca. Pero como la miel era espesa, tuvo que agrandar el agujero, después de haber permanecido medio minuto con la boca inútilmente abierta. Entonces la miel asomó, adelgazándose en pesado hilo hasta la lengua del contador.

Uno tras otro, los cinco panales se vaciaron así dentro de la boca de Benincasa. Fue inútil que este prolongara la suspensión, y mucho más que repasara los globos exhaustos; tuvo que resignarse.

Entretanto, la sostenida posición de la cabeza en alto lo había mareado un poco. Pesado de miel, quieto y los ojos bien abiertos, Benincasa consideró de nuevo el monte crepuscular. Los árboles y el suelo tomaban posturas por demás oblicuas, y su cabeza acompañaba el vaivén del paisaje.

—Qué curioso mareo… —pensó el contador—. Y lo peor es…

Al levantarse e intentar dar un paso, se había visto obligado a caer de nuevo sobre el tronco. Sentía su cuerpo de plomo, sobre todo las piernas, como si estuvieran inmensamente hinchadas. Y los pies y las manos le hormigueaban.

—¡Es muy raro, muy raro, muy raro! —se repitió estúpidamente Benincasa, sin escudriñar sin embargo el motivo de esa rareza—. Como si tuviera hormigas… La *corrección* —concluyó.

Y de pronto la respiración se le cortó en seco, de espanto.

—¡Debe de ser la miel…! ¡Es venenosa…! ¡Estoy envenenado!

Y a un segundo esfuerzo para incorporarse, se le erizó el cabello de terror; no había podido aún moverse. Ahora la sensación de plomo y el hormigueo subían hasta la cintura. Durante un rato el horror de morir allí, miserablemente solo, lejos de su madre y sus amigos, le cohibió todo medio de defensa.

—¡Voy a morir ahora…! ¡De aquí a un rato voy a morir…! ¡Ya no puedo mover la mano…!

En su pánico constató sin embargo que no tenía fiebre ni ardor de garganta, y el corazón y pulmones conservaban su ritmo normal. Su angustia cambió de forma.

—¡Estoy paralítico, es la parálisis! ¡Y no me van a encontrar…!

Pero una invencible somnolencia comenzaba a apoderarse de él, dejándole íntegras sus facultades, a la par que el mareo se aceleraba. Creyó así notar que el suelo oscilante se volvía negro y se agitaba vertiginosamente. Otra vez subió a su memoria el recuerdo de la *corrección*, y en su pensamiento se fijó como una suprema angustia la posibilidad de que eso negro que invadía el suelo...

Tuvo aún fuerzas para arrancarse a ese último espanto, y de pronto lanzó un grito, un verdadero alarido en que la voz del hombre recobra la tonalidad del niño aterrado; por sus piernas trepaba un precipitado río de hormigas negras. Alrededor de él la *corrección* devoradora oscurecía el suelo, y el contador sintió por bajo del calzoncillo el río de hormigas carnívoras que subían.

Su padrino halló por fin, dos días después, y sin la menor partícula de carne, el esqueleto cubierto de ropa de Benincasa. La *corrección* que merodeaba aún por allí, y las bolsitas de cera, lo iluminaron suficientemente.

No es común que la miel silvestre tenga esas propiedades narcóticas o paralizantes, pero se la halla. Las flores con igual carácter abundan en el trópico, y ya el sabor de la miel denuncia en la mayoría de los casos su condición: tal el dejo a resina de eucalipto que creyó sentir Benincasa.

EL DESCUBRIMIENTO DE LA CIRCUNFERENCIA

Leopoldo Lugones

Clinio Malabar era un loco cuya locura consistía en no adoptar una posición cualquiera, sentado, de pie o acostado, sin rodearse previamente con un círculo que trazaba con una tiza. Llevaba siempre una tiza consigo, que reemplazaba con un carbón cuando sus compañeros de manicomio se la sustraían, y con un palo si se hallaba en un sitio sin embaldosar.

Dos o tres veces, mientras conversaba distraído, habíanle empujado fuera de su círculo; pero debieron de acabar con la broma, bajo prohibición expresa del director, pues, cuando aquello sucedía, el loco se enfermaba gravemente.

Fuera de esto, era un individuo apacible, que conversaba con suma discreción y hasta reía piadosamente de su locura, sin dejar, eso sí, de vigilar con avizor disimulo, su círculo protector.

He aquí cómo llegó a producirse la manía de Clinio Malabar:

Era geómetra, aunque más bien por lecturas que por práctica. Pensaba mucho sobre los axiomas y hasta llegó a componer un soneto muy malo sobre el postulado de Euclides; pero antes de concluirlo, se dio cuenta de que el tema era ridículo y comprendió la maldad de la pieza, apenas se lo advirtió un amigo.

La locura le vino, pensando sobre la naturaleza de la línea. Llegó fácilmente a la convicción de que la línea era el infinito, pues como nada hay que pueda contenerla en su desarrollo, es susceptible de prolongarse sin fin.

O en otros términos, como la línea es una sucesión de puntos matemáticos y estos son entidades abstractas, nada hay que limite aquella, ni nada que detenga su desarrollo. Desde el momento en que un punto se mueve en el espacio, engendrando una línea, no hay razón alguna para que se detenga, puesto que nada lo puede detener. La línea no tiene, entonces, otro límite que ella misma, y es así como vino a descubrirse la circunferencia.

Tan pronto como Clinio realizó este descubrimiento, comprendió que la circunferencia era la razón misma del ser, realizando, también simultáneamente, este otro descubrimiento: que la muerte anula el ser, cuando este ha perdido el concepto de la circunferencia.

Así explicaba el médico interno el caso de Clinio Malabar.

Este sostenía aún un complemento de su idea. Todo ser, decía, es una convicción matemática. Para la inmensa mayoría, esta consiste en la unidad, o sea la evidencia abstracta de la línea limitada por sí misma. Esto, que es un puro instinto, pues viene por transmisión hereditaria, sin necesidad alguna de formularse, no mortifica naturalmente. Los seres «unitativos» mueren por la acción correlativa de la finalidad, que adoptan cuando son incapaces de concebir la perfección de la circunferencia; porque una circunferencia perfecta no tiene fin, y la muerte carece entonces de razón.

Los que comprenden el problema, muy pocos, necesitan vigilar su circunferencia. Es lo que hacía Clinio Malabar como hemos visto. Proponíase, en esta forma, ser inmortal; y es tan poderosa la sugestión, decía el médico interno, que en veinte años de manicomio aquel sujeto no había presentado el más leve signo de vejez.

Caminaba lo menos posible, con el objeto de no permanecer «ilimitado», y dormía en el suelo. Todos se habían acostumbrado ya a respetar su manía.

Pero cierta vez, ingresó a la clínica un nuevo practicante, a quien chocó aquello extraordinariamente.

Empezó a hostilizar al loco, sin que este se ofendiera. Solo cuando intentaba borrarle su circunferencia, daba gritos tales que era necesario suspender la operación. Desde aquel día, el loco empezó a describir en todos los parajes ocultos de las oficinas y de los patios, círculos de repuesto para usarlos en un caso de apuro.

Una noche, el practicante se propuso salirse con la suya, pues como buen aficionado del manicomio, era a su vez un poco maniático; y mientras el loco dormía borró cuidadosamente su circunferencia. Algunos locos, puestos al tanto de su travesura, buscaron y borraron a su vez las circunferencias de repuesto.

Clinio Malabar no se levantó. Había muerto, al desvanecerse su limitación geométrica.

El incidente hizo algún ruido, si bien no se le dio la ulterioridad judicial que reclamaba, en homenaje al decoro profesional; pero los locos quedaron tan impresionados, que desde ese día empezaron a oír por todas partes la voz de Clinio Malabar.

Por la noche habló más de dos minutos debajo de una cama; a poco se hizo oír en varios puntos de la huerta. Los locos sabían algo, pero no querían decirlo.

Lo curioso es que el fenómeno contagió a los ayudantes, quienes juraban haber oído también hablar al loco muerto.

Un día, a las once de la mañana más o menos, comentábamos esto con el médico interno en la galería que rodeando el patio del hospicio nos protegía del bravo sol estival.

De repente, bajo un tarro que cubría puesto boca abajo no sé qué plantitas exóticas, allí, a veinte pasos de nosotros, estalló sonora una frase. ¡La voz de Clinio Malabar!

Antes que volviéramos de la impresión, los locos acudieron aullando, como vacas al sitio de un degüello. Todo el personal se conmovió. Allá bajo el sol clarísimo, en el patio raso, bajo el tarro aquel, sonaba con las mismas frases que tanto conocíamos, la voz de Clinio Malabar. De Clinio Malabar enterrado hacía una semana, previa la más completa autopsia.

Los locos nos lanzaban miradas feroces; el personal tiritaba horrorizado y nosotros mismos no sé adónde hubiéramos ido a parar si el médico, en un supremo arranque de energía, no vuela el tarro de un puntapié.

La voz cesó bruscamente, y sobre el cuadro mohoso que la boca del recipiente formara, apareció inscrito con tiza uno de los círculos de Clinio Malabar.

EL HOMBRE MUERTO

Horacio Quiroga

El hombre y su machete acababan de limpiar la quinta calle del bananal. Faltábanles aún dos calles; pero como en estas abundaban las chircas[26] y malvas silvestres, la tarea que tenían por delante era muy poca cosa. El hombre echó, en consecuencia, una mirada satisfecha a los arbustos rozados y cruzó el alambrado para tenderse un rato en la gramilla.

Mas al bajar el alambre de púa y pasar el cuerpo, su pie izquierdo resbaló sobre un trozo de corteza desprendida del poste, al tiempo que el machete se le escapaba de la mano. Mientras caía, el hombre tuvo la impresión sumamente lejana de no ver el machete de plano en el suelo.

Ya estaba tendido en la gramilla, acostado sobre el lado derecho, tal como él quería. La boca, que acababa de abrírsele en toda su extensión, acababa también de cerrarse. Estaba como hubiera deseado estar, las rodillas dobladas y la mano izquierda sobre el pecho. Solo que tras el antebrazo, e inmediatamente por debajo del cinto, surgían de su camisa el puño y la mitad de la hoja del machete, pero el resto no se veía.

El hombre intentó mover la cabeza en vano. Echó una mirada de reojo a la empuñadura del machete, húmeda aún del sudor de su mano. Apreció mentalmente la extensión y

---

[26] Chirca: árbol de madera dura y hoja áspera, con frutos semejantes a la almendra.

la trayectoria del machete dentro de su vientre, y adquirió fría, matemática e inexorable, la seguridad de que acababa de llegar al término de su existencia.

La muerte. En el transcurso de la vida se piensa muchas veces en que un día, tras años, meses, semanas y días preparatorios, llegaremos a nuestro turno al umbral de la muerte. Es la ley fatal, aceptada y prevista; tanto, que solemos dejarnos llevar placenteramente por la imaginación a ese momento, supremo entre todos, en que lanzamos el último suspiro.

Pero entre el instante actual y esa postrera expiración, ¡qué de sueños, trastornos, esperanzas y dramas presumimos en nuestra vida! ¡Qué nos reserva aún esta existencia llena de vigor, antes de su eliminación del escenario humano!

Es este el consuelo, el placer y la razón de nuestras divagaciones mortuorias. ¡Tan lejos está la muerte, y tan imprevisto lo que debemos vivir aún!

¿Aún...? No han pasado dos segundos; el sol está exactamente a la misma altura; las sombras no han avanzado un milímetro. Bruscamente, acaban de resolverse para el hombre tendido las divagaciones a largo plazo: Se está muriendo.

Muerto. Puede considerarse muerto en su cómoda postura.

Pero el hombre abre los ojos y mira. ¿Qué tiempo ha pasado? ¿Qué cataclismo ha sobrevivido en el mundo? ¿Qué trastorno de la naturaleza trasuda el horrible acontecimiento?

Va a morir. Fría, fatal e ineludiblemente, va a morir.

El hombre resiste —¡es tan imprevisto ese horror!— y piensa. Es una pesadilla; ¡esto es! ¿Qué ha cambiado? Nada. Y mira: ¿No es acaso ese bananal? ¿No viene todas las mañanas a limpiarlo? ¿Quién lo conoce como él? Ve perfectamente el bananal, muy raleado, y las anchas hojas desnudas al sol. Allí están, muy cerca, deshilachadas por el viento. Pero ahora no se mueven… Es la calma del mediodía; pero deben ser las doce.

Por entre los bananos, allá arriba, el hombre ve desde el duro suelo el techo rojo de su casa. A la izquierda entrevé el monte y la capuera[27] de canelas. No alcanza a ver más, pero sabe muy bien que a sus espaldas está el camino al puerto nuevo; y que, en la dirección de su cabeza, allá abajo, yace en el fondo del valle el Paraná dormido como un lago. Todo, todo exactamente como siempre; el sol de fuego, el aire vibrante y solitario, los bananos inmóviles, el alambrado de postes muy gruesos y altos que pronto tendrá que cambiar…

¡Muerto! ¿Pero es posible? ¿No es este uno de los tantos días en que ha salido al amanecer de su casa con el machete en la mano? ¿No está allí mismo con el machete en la mano? ¿No está allí mismo, a cuatro metros de él, su caballo, su malacara, oliendo parsimoniosamente el alambre de púa?

¡Pero sí! Alguien silba. No puede ver, porque está de espaldas al camino; mas siente resonar en el puentecito los pasos del caballo… Es el muchacho que pasa todas las mañanas hacia el puerto nuevo, a las once y media. Y siempre silbando. Desde el poste descascarado que toca casi con las botas, hasta el cerco vivo de monte que separa el bananal del camino, hay quince metros largos. Lo sabe perfectamente bien, porque él mismo, al levantar el alambrado, midió la distancia.

¿Qué pasa, entonces? ¿Es ese o no un natural mediodía de los tantos en Misiones, en su monte, en su potrero, en el bananal ralo? ¡Sin dada! Gramilla corta, conos de hormigas, silencio, sol a plomo…

Nada, nada ha cambiado. Solo él es distinto. Desde hace dos minutos su persona, su personalidad viviente, nada tiene ya que ver ni con el potrero, que formó él mismo a azada,

---

[27] Capuera: terreno de selva desbrozado para el cultivo.

durante cinco meses consecutivos, ni con el bananal, obras de sus solas manos. Ni con su familia. Ha sido arrancado bruscamente, naturalmente, por obra de una cáscara lustrosa y un machete en el vientre. Hace dos minutos. Se muere.

El hombre muy fatigado y tendido en la gramilla sobre el costado derecho, se resiste siempre a admitir un fenómeno de esa trascendencia, ante el aspecto normal y monótono de cuanto mira. Sabe bien la hora: las once y media... El muchacho de todos los días acaba de pasar el puente.

¡Pero no es posible que haya resbalado...! El mango de su machete (pronto deberá cambiarlo por otro; tiene ya poco vuelo) estaba perfectamente oprimido entre su mano izquierda y el alambre de púa. Tras diez años de bosque, él sabe muy bien cómo se maneja un machete de monte. Está solamente muy fatigado del trabajo de esa mañana, y descansa un rato como de costumbre.

¿La prueba...? ¡Pero esa gramilla que entra ahora por la comisura de su boca la plantó él mismo en panes de tierra distantes un metro uno de otro! ¡Ya ese es su bananal y ese es su malacara, resoplando cauteloso ante las púas del alambre! Lo ve perfectamente; sabe que no se atreve a doblar la esquina del alambrado, porque él está echado casi al pie del poste. Lo distingue muy bien; y ve los hilos oscuros de sudor que arrancan de la cruz y del anca. El sol cae a plomo, y la calma es muy grande, pues ni un fleco de los bananos se mueve. Todos los días, como ese, ha visto las mismas cosas.

...Muy fatigado, pero descansa solo. Deben de haber pasado ya varios minutos... Y a las doce menos cuarto, desde allá arriba, desde el chalet de techo rojo, se desprenderán hacia el bananal su mujer y sus dos hijos, a buscarlo para almorzar. Oye siempre, antes que las demás, la voz de su chico menor que quiere soltarse de la mano de su madre: ¡Piapiá! ¡Piapiá!

¿No es eso…? ¡Claro, oye! Ya es la hora. Oye efectivamente la voz de su hijo…

¡Qué pesadilla…! ¡Pero es uno de los tantos días, trivial como todos, claro está! Luz excesiva, sombras amarillentas, calor silencioso de horno sobre la carne, que hace sudar al malacara inmóvil ante el bananal prohibido.

…Muy cansado, mucho, pero nada más. ¡Cuántas veces, a mediodía como ahora, ha cruzado volviendo a casa ese potrero, que era capuera cuando él llegó, y antes había sido monte virgen! Volvía entonces, muy fatigado también, con su machete pendiente de la mano izquierda, a lentos pasos.

Puede aún alejarse con la mente, si quiere; puede si quiere abandonar un instante su cuerpo y ver desde el tajamar por él construido, el trivial paisaje de siempre; el pedregullo volcánico con gramas rígidas; el bananal y su arena roja; el alambrado empequeñecido en la pendiente, que se acoda hacia el camino. Y más lejos aún ver el potrero, obra sola de sus manos. Y al pie de un poste descascarado, echado sobre el costado derecho y las piernas recogidas, exactamente como todos los días, puede verse a él mismo, como un pequeño bulto asoleado sobre la gramilla, descansando, porque está muy cansado.

Pero el caballo rayado de sudor, e inmóvil de cautela ante el esquinado del alambrado, ve también al hombre en el suelo y no se atreve a costear el bananal como desearía. Ante las voces que ya están próximas —¡Piapiá!— vuelve un largo, largo rato las orejas inmóviles al bulto; y tranquilizado al fin, se decide a pasar entre el poste y el hombre tendido que ya ha descansado.

LA FUERZA OMEGA

Leopoldo Lugones

No éramos sino tres amigos. Los dos de la confidencia, en cuyo par me contaba, y el descubridor de la espantosa fuerza que, sin embargo del secreto, preocupaba ya a la gente.

El sencillo sabio ante quien nos hallábamos no procedía de ninguna academia y estaba asaz distante de la celebridad. Había pasado la vida concertando al azar de la pobreza pequeños inventos industriales, desde tintas baratas y molinillos de café, hasta máquinas controladoras para boletos de tranvía.

Nunca quiso patentar sus descubrimientos, muy ingeniosos algunos, vendiéndolos por poco menos que nada a comerciantes de segundo orden. Presintiéndose quizá algo de genial, que disimulaba con modestia casi fosca, tenía el más profundo desdén por aquellos pequeños triunfos. Si se le hablaba de ellos, concomíase con displicencia o sonreía con amargura.

—Eso es para comer —decía sencillamente.

Me había hecho su amigo por la casualidad de cierta conversación en que se trató de ciencias ocultas; pues mereciendo el tema la aflictiva piedad del público, aquellos a quienes interesa suelen disimular su predilección, no hablando de ella sino con sus semejantes.

Fue precisamente lo que pasó; y mi despreocupación por el qué dirán debió de agradar a aquel desdeñoso, pues desde entonces intimamos. Nuestras pláticas sobre el asunto favorito fueron largas. Mi amigo se inspiraba al tratarlo, con aquel silencioso ardor que caracterizaba su entusiasmo y que solo se traslucía en el brillo de sus ojos.

Todavía lo veo pasearse por su cuarto, recio, casi cuadrado, con su carota pálida y lampiña, sus ojos pardos de mirada tan singular, sus manos callosas de gañán y de químico a la vez.

—Anda por ahí a flor de tierra —solía decirme— más de una fuerza tremenda cuyo descubrimiento se aproxima. De esas fuerzas interetéreas que acaban de modificar los más sólidos conceptos de la ciencia y que, justificando las afirmaciones de la sabiduría oculta, dependen cada vez más del intelecto humano. La identidad de la mente con las fuerzas directrices del cosmos —concluía en ocasiones, filosofando— es cada vez más clara; y día llegará en que aquella sabrá regirlas sin las máquinas intermediarias, que en realidad deben de ser un estorbo. Cuando uno piensa que las máquinas no son sino aditamentos con que el ser humano se completa, llevándolas potencialmente en sí, según lo prueba al concebirlas y ejecutarlas, los tales aparatos resultan en substancia simples modificaciones de la caña con que se prolonga el brazo para alcanzar un fruto. Ya la memoria suprime los dos conceptos fundamentales, los más fundamentales como realidad y como obstáculo —el espacio y el tiempo— al evocar instantáneamente un lugar que se vio hace diez años y que se encuentra a mil leguas; para no hablar de ciertos casos de bilocación telepática, que demuestran mejor la teoría. Si estuviera en esta la verdad, el esfuerzo humano debería tender a la abolición de todo intermediario entre la mente y las fuerzas originales, a suprimir en lo posible la materia, otro axioma de filosofía oculta; mas, para esto, hay que poner el organismo en condiciones especiales, activar la mente, acostumbrarla a la comunicación directa con dichas fuerzas. Caso de magia. Caso que solamente los miopes no perciben en toda su luminosa sencillez. Habíamos hablado de la memoria. El cálculo demuestra también una relación directa; pues si calculando se llega a determinar la posición de un astro desconocido, en un punto del espacio, es porque hay identidad entre las leyes que rigen al pensamiento humano y al universo. Hay más todavía, es la determinación de un hecho material por medio de una ley intelectual. El astro tiene que estar ahí, porque así lo determina mi razón matemática, y esta sanción imperativa equivale casi a una creación.

Sospecho, Dios me perdone, que mi amigo no se limitaba a teorizar el ocultismo, y que su régimen alimenticio, tanto como su severa continencia, implicaban un entrenamiento; pero nunca se franqueó sobre este punto y yo fui discreto a mi vez.

Hablase relacionado con nosotros, poco antes de los sucesos que voy a narrar, un joven médico a quien solo faltan sus exámenes generales, que quizá nunca llegue a dar pues se ha dedicado a la filosofía; y este era el otro confidente que debía escuchar la revelación.

Fue a la vuelta de unas largas vacaciones que nos habían separado del descubridor. Encontrárnoslo algo más nervioso, pero radiante con una singular inspiración, y su primera frase fue para invitarnos a una especie de tertulia filosófica —tales sus palabras— donde debía exponernos el descubrimiento.

En el laboratorio habitual, que presentaba al mismo tiempo un vago aspecto de cerrajería, y en cuya atmósfera flotaba un dejo de cloro, empezó la conferencia.

Con su voz clara de siempre, su aspecto negligente, sus manos extendidas sobre la mesa como durante los discursos psíquicos, nuestro amigo enunció esta cosa sorprendente:

—He descubierto la potencia mecánica del sonido. Saben ustedes —agregó, sin preocuparse mayormente del efecto causado por su revelación—, saben ustedes bastante de estas cosas para comprender que no se trata de nada sobrenatural. Es un gran hallazgo, ciertamente, pero no superior a la onda hertziana o al rayo Roentgen. A propósito, yo he puesto también un nombre a mi fuerza. Y como ella es la última en la síntesis vibratoria cuyos otros componentes son el calor, la luz y la electricidad, la he llamado la fuerza Omega.

—Pero ¿el sonido no es cosa distinta?... —preguntó el médico.

—No, desde que la electricidad y la luz están consideradas ahora como materia. Falta todavía el calor; pero la analogía nos lleva rápidamente a conjeturar la identidad de su naturaleza, y veo cercano el día en que se demuestre este postulado para mí evidente: que si los cuerpos se dilatan al calentarse, o en otros términos, sus espacios intermoculares aumentan, es porque entre ellos se ha introducido algo y que este algo es el calor. De lo contrario, habría que recurrir al vacío aborrecido por la naturaleza y por la razón. El sonido es materia para mí; pero esto resultará mejor de la propia exposición de mi descubrimiento. La idea, vaga, aunque intensa hasta el deslumbramiento, me vino —cosa singular— la primera vez que vi afinar una campana. Claro es que no se puede determinar de antemano la nota precisa de una campana, pues la fundición cambiaría el tono. Una vez fundida, es menester recortarla al torno, para lo cual hay dos reglas; si se quiere bajar el tono, hay que disminuir la línea media llamada «falseadura»; si subirlo, es menester recortar la «pata» o sea el reborde, y la afinación se practica al oído como la de un piano. Puede bajarse hasta un tono, pero no subirse sino medio; pues cortando mucho la pata, el instrumento pierde su sonoridad.

»Al pensar que si la pierde no es porque deje de vibrar, me vino esta idea, base de todo el invento: la vibración sonora se vuelve fuerza mecánica y por esto deja de ser sonido; pero la cosa se precisó durante las vacaciones, mientras ustedes veraneaban, lo cual aumentó, con la soledad, mi concentración. Ocupábame de modificar discos de fonógrafo y aquello me traía involuntariamente al tema. Había pensado construir una especie de diapasón para destacar, y percibir directamente, por lo tanto, las armónicas de la voz humana, lo que no es posible sino por medio de un piano, y siempre con gran imperfección; cuando de repente, con claridad tal que en dos noches de trabajo concebí toda la teoría, el hecho se produjo.

»Cuando se hace vibrar un diapasón que está al mismo tono con otro, este vibra también por influencia al cabo de poco tiempo, lo que prueba que la onda sonora, o en otros términos el aire agitado, tiene fuerza suficiente para poner en movimiento el metal. Dada la relación que existe entre el peso, densidad y tenacidad de este con los del aire, esa fuerza tiene que ser enorme; y, sin embargo, no es capaz de mover una hebra de paja que un soplo humano aventaría, siendo a su vez impotente para hacer vibrar en forma perceptible el metal. La onda sonora es, pues, más o menos poderosa que el soplo de nuestro ejemplo. Esto depende de las circunstancias; y en el caso de los diapasones, la circunstancia debe ser una relación molecular, puesto que si ellos no están al unísono, el fenómeno marra. Había, pues, que aplicar la fuerza sonora, a fenómenos intermoleculares.

»No creo que la concepción de la fuerza sonora necesite mucho ingenio. Cualquiera ha sentido las pulsaciones del aire en los sonidos muy bajos, los que produce el nasardo de un órgano, por ejemplo. Parece que las dieciséis vibraciones por segundo que engendra un tubo de treinta y dos pies marcan el límite inferior del sonido perceptible que no es ya sino un zumbido. Con menos vibraciones, el movimiento se vuelve un soplo de aire; el soplo que movería la brizna, pero que no afectaría al diapasón. Esas vibraciones bajas, verdadero viento melodioso, son las que hacen trepidar las vidrieras de las catedrales; pero no forman ya notas, propiamente hablando, y solo sirven para reforzar las octavas inmediatamente superiores.

»Cuanto más alto es el sonido, más se aleja de su semejanza con el viento y más disminuye la longitud de su onda; pero si ha de considerársela como fuerza intermolecular, ella es enorme todavía en los sonidos más altos de los instrumentos; pues el del piano con el do séptimo, que corresponde a un máximum de 4.200 vibraciones por segundo, tiene una onda de tres pulgadas. La flauta, que llega a 4.700 vibraciones, da una onda gigantesca todavía. La longitud de la onda depende, pues, de la altura del sonido, que deja ya de ser musical poco más allá de las 4.700 vibraciones mencionadas. Despretz ha podido percibir un do, que vendría a ser el décimo, con 32.770 vibraciones producidas por el frote de un arco sobre un pequeñísimo diapasón. Yo percibo sonido aún, pero sin determinación musical posible, en las 45.000 vibraciones del diapasón que he inventado.

—¡45.000 vibraciones! —dije—. ¡Eso es prodigioso!

—Pronto vas a verlo —prosiguió el inventor—. Ten paciencia un instante todavía. Y después de ofrecernos té, que rehusamos—: La vibración sonora se vuelve casi recta con estas altísimas frecuencias, y tiende igualmente a perder su forma curvilínea, tornándose más bien un zigzag a medida que el sonido se exaspera.

»Esto se ha experimentado prácticamente cerdeando un violín. Hasta aquí no salimos de lo conocido, bien que no sea vulgar.

»Pero ya he dicho que me proponía estudiar el sonido como fuerza. He aquí mi teoría, que la experiencia ha confirmado:

»Cuanto más bajo es el sonido, más superficiales son sus efectos sobre los cuerpos. Después de lo que sabemos, esto es bien sencillo. La fuerza penetrante del sonido depende, pues, de su altura; y como a esta corresponde, según dije, una menor ondulación, resulta que mi onda sonora de 45.000 vibraciones por segundo es casi una flecha ligerísimamente ondulada. Por pequeña que sea esta ondulación, siempre es excesiva molecularmente hablando; y como mis diapasones no pueden reducirse más, era menester ingeniarse de otro modo.

»Había, además, otro inconveniente. Las curvas de la onda sonora están relacionadas con su propagación, de tal modo que su ampliación progresa con gran velocidad hasta anularla como sonido, imposibilitando a la vez su desarrollo como fuerza; pero tanto este inconveniente, como el que resulta de la ondulación en sí, desaparecerían multiplicando la velocidad de traslación. De esta depende que la onda no pierda la rectitud, que como toda curva tiene al comenzar, y al logro de semejante propósito concurrió una ley científica.

»Fourier, el célebre matemático francés, ha enunciado un principio aplicable a las ondas simples —las de mi problema— que puede traducirse vulgarmente así:

»«Cualquier forma de onda puede estar compuesta por cierto número de ondas simples de longitudes diferentes».

»Siendo ello así, si yo pudiera lanzar sucesivamente un número cualquiera de ondas en progresión proporcional, la velocidad de la primera sería la suma de las velocidades de todas juntas; la proporción entre las ondulaciones de aquella y su traslación quedaba rota con ventaja y libertada, por lo tanto, la potencia mecánica del sonido.

»Mi aparato va a demostrarles que todo esto se puede; pero aún no les he dicho lo que me proponía hacer.

»Yo considero que el sonido es materia, desprendida en partículas infinitesimales del cuerpo sonoro, y dinámica en tal forma que da la sensación de sonido, como las partículas odoríferas dan la sensación del olor. Esa materia se desprende en la forma ondulatoria comprobada por la ciencia y que yo me proponía modificar, engendrando la onda aérea conocida por nosotros; del propio modo que la ondulación de una anguila bajo el agua es repetida por esta en su superficie.

»Cuando la doble onda choca con un cuerpo, la parte aérea se refleja contra su superficie; la etérea penetra, produciendo la vibración del cuerpo y sin ninguna otra consecuencia, pues el éter del cuerpo supuesto se dinamiza armónicamente con el de la onda, difundido en él; y esta es la explicación, que se da por primera vez, de las vibraciones al unísono.

»Una vez rota la relación entre las ondulaciones y su propagación, el éter sonoro no se difunde en la masa del cuerpo, sino que la perfora, ya completamente, ya hasta cierta profundidad. Y aquí viene la explicación misma de los fenómenos que produzco.

»Todo cuerpo tiene un centro formado por la gravitación de moléculas que constituye su cohesión y que representa el peso total de dichas moléculas. No necesito advertir que ese centro puede encontrarse en cualquier punto del cuerpo. Las moléculas representan aquí lo que las masas planetarias en el espacio.

»Claro es que el más mínimo desplazamiento del centro en cuestión ocasionará instantáneamente la desintegración del cuerpo; pero no es menos cierto que para efectuarlo, venciendo la cohesión molecular, se necesitaría una fuerza enorme, algo de que la mecánica actual no tiene idea, y que yo he descubierto; sin embargo, Tyndall ha dicho en un ejemplo gráfico que la fuerza del puñado de nieve, contenido en la mano de un niño, bastaría para hacer volar en pedazos una montaña. Calculen ustedes lo que se necesitará para vencer esa fuerza. Y yo desintegro bloques de granito de un metro cúbico...

Decía aquello sencillamente, como la cosa más natural, sin ocuparse de nuestra aquiescencia. Nosotros, aunque vagamente, nos íbamos turbando con la inminencia de una gran revelación; pero acostumbrados al tono autoritario de nuestro amigo, nada replicábamos. Nuestros ojos, eso sí, buscaban al descuido por el taller, los misteriosos aparatos. A no ser un volante de eje solidísimo, nada había que no nos fuese familiar.

—Llegamos —prosiguió el descubridor— al final de la exposición. Había dicho que necesitaba ondas sonoras susceptibles de ser lanzadas en progresión proporcional, y a vuelta de muchos tanteos, que no es menester describirlo, di con ellas.

»Eran el do, fa, sol, do, que según la tradición antigua constituían la lira del Orfeo, y que contienen los intervalos más importantes de la declamación, es decir, el secreto musical de la voz humana. La relación de estas ondas es matemáticamente 1, 4/3, 3/2, 2; y arrancadas de la naturaleza, sin un agregado o deformación que las altere, son también una fuerza original. Ya ven ustedes que la lógica de los hechos iba paralela con la de la teoría.

»Procedí entonces a construir mi aparato; mas, para llegar al que ustedes ven aquí —dijo sacando de su bolsillo un disco harto semejante a un reloj de níquel—, ensayé diversas máquinas.

Confieso que el aparato nos defraudó. La relación de magnitudes forma de tal modo la esencia del criterio humano que al oír hablar de fuerzas enormes habíamos presentido máquinas grandiosas. Aquella cajita redonda, con un botón saliente en su borde, parecía cualquier cosa menos un generador de éter vibratorio.

—Primero —continuó el otro, sonriendo ante nuestra perplejidad—, pensé en cosas complicadas, análogas a las sirenas de Koenig. Luego fui simplificando de acuerdo con mis ideas sobre la deficiencia de las máquinas, hasta llegar a esto que no es sino una solución transitoria. La delicadeza del aparato no permite abrirlo a cada momento; pero ustedes deben conocerlo —añadió destornillando su tapa.

Contenía cuatro diapasoncillos, poco menos finos que cerdas, implantados a intervalos desiguales sobre un diafragma de madera que constituía el fondo de la caja. Un sutilísimo alambre se tendía y distendía rozándolos, bajo la acción del botón que sobresalía; y la boquilla de que antes hablé, era una bocina microfónica.

—Los vacíos entre diapasón y diapasón, tanto como el espacio necesario para el juego de la cuerda que los roza, imponían al aparato este tamaño mínimo. Cuando ellos suenan, la cuádruple onda transformada en una, sale por la bocina microfónica como un verdadero proyectil etéreo. La descarga se repite cuantas veces aprieto el botón, pudiendo salir las ondas sin solución de continuidad apreciable, es decir, mucho más próximas que las balas de una ametralladora, y formar un verdadero chorro de éter dinámico cuya potencia es incalculable.

»Si la onda va al centro molecular del cuerpo, este se desintegra en partículas impalpables. Si no, lo perfora con un agujerillo enteramente imperceptible. En cuanto al roce tangencial, van a ver ustedes sus efectos sobre aquel volante…

—…¿Qué pesa?… —interrumpí—. Trescientos kilogramos.

El botón comenzó a actuar con ruidecito intermitente y seco, ante nuestra curiosidad todavía incrédula; y como el silencio era grande, percibimos apenas una aguda estridencia, análoga al zumbido de un insecto.

No tardó mucho en ponerse en movimiento la mole, y aquel fue acelerándose de tal modo, que pronto vibró la casa entera como al empuje de un huracán. La maciza rueda no era más que una sombra vaga, semejante al ala de un colibrí en suspensión, y el aire desplazado por ella provocaba un torbellino dentro del cuarto.

El descubridor suspendió muy luego los efectos de su aparato, pues ningún eje habría aguantado mucho tiempo semejante trabajo.

Mirábamos suspensos, con una mezcla de admiración y pavor, trocada muy luego en

desmedida curiosidad.

El médico quiso repetir el experimento; pero por más que abocó la cajita hacia el volante, nada consiguió. Yo intenté lo propio con igual desventura.

Creíamos ya en una broma de nuestro amigo, cuando este dijo, poniéndose tan grave que casi daba en siniestro:

—Es que aquí está el misterio de mi fuerza. Nadie, sino yo, puede usarla. Y yo mismo no sé cómo sucede. Defino, sí, lo que pasa por mí, como una facultad análoga a la puntería. Sin verlo, sin percibirlo en ninguna forma material, yo sé dónde está el centro del cuerpo que deseo desintegrar, y en la misma forma proyecto mi éter contra el volante. Prueben ustedes cuanto quieran. Quizá al fin…

Todo fue en vano. La onda etérea se dispersaba inútil. En cambio, bajo la dirección de su amo, llamémosle así, ejecutó prodigios.

Un adoquín que calzaba la puerta rebelde se desintegró a nuestra vista, convirtiéndose con leve sacudida en un montón de polvo impalpable. Varios trozos de hierro sufrieron la misma suerte. Y resultaba en verdad de un efecto mágico aquella transformación de la materia, sin un esfuerzo perceptible, sin un ruido, como no fuera la leve estridencia que cualquier humor ahogaba.

El médico, entusiasmado, quería escribir un artículo.

—No —dijo nuestro amigo—; detesto la notoriedad, aunque no he podido evitarla del todo, pues los vecinos comienzan a enterarse. Además, temo los daños que puede causar esto…

—En efecto —dije—; como arma sería espantoso.

—¿No lo has ensayado sobre algún animal? —preguntó el médico.

—Ya sabes —respondió nuestro amigo con grave mansedumbre— que jamás causo dolor a ningún ser viviente—. Y con esto terminó la sesión.

Los días siguientes transcurrieron entre maravillas; y recuerdo como particularmente notable la desintegración de un vaso de agua, que desapareció de súbito cubriendo de rocío toda la habitación.

—El vaso permanece —explicaba el sabio—, porque no forma un bloque con el agua, a causa de que no hay entre esta y el cristal adherencia perfecta. Lo mismo sucedería si estuviera herméticamente cerrado. El líquido, convertido en partículas etéreas, sería proyectado a través de los poros del cristal…

Así marchamos de asombro en asombro; mas el secreto no podía prolongarse, y es imposible valorar lo que se perdió en el triste suceso cuyo relato finalizará esta historia.

Lo cierto es —para qué entretenerse en cosas tristes— que una de esas mañanas encontramos a nuestro amigo, muerto, con la cabeza recostada en el respaldo de su silla.

Fácil es imaginar nuestra consternación. El aparato maravilloso estaba ante él y nada anormal se notaba en el laboratorio.

Mirábamos sorprendidos, sin conjeturar ni lejanamente la causa de aquel desastre, cuando noté de pronto que la pared a la cual casi tocaba la cabeza del muerto se hallaba cubierta de una capa grasosa, una especie de manteca.

Casi al mismo tiempo mi compañero lo advirtió también, y raspando con su dedo sobre aquella mixtura, exclamó sorprendido:

—¡Esto es sustancia cerebral!

La autopsia confirmó su dicho, certificando una nueva maravilla del portentoso aparato. Efectivamente, la cabeza de nuestro pobre amigo estaba vacía, sin un átomo de sesos. El proyectil etéreo, quién sabe por qué rareza de dirección o por qué descuido, habíale desintegrado el cerebro, proyectándolo en explosión atómica a través de los poros de su cráneo. Ni un rastro exterior denunciaba la catástrofe, y aquel fenómeno, con todo su horror, era, a fe mía, el más estupendo de cuantos habíamos presenciado.

Sobre mi mesa de trabajo, aquí mismo, en tanto que finalizo esta historia, el aparato en cuestión brilla, diríase siniestramente, al alcance de mi mano.

Funciona perfectamente; pero el éter formidable, la sustancia prodigiosa y homicida de la cual tengo ¡ay! tan desgraciada prueba, se pierde sin rumbo en el espacio, a pesar de todas mis vanas tentativas. En el instituto Lutz y Schultz han ensayado también sin éxito.

ÍNDICE

Nos encuentras en:
www.mestasediciones.com